L'Enfant de Kemn

Ludvai Aragon

L'Enfant de Kemn

Fantasy

© 2023 Ludvai Aragon

Édition : BoD · Books on Demand GmbH, In de Tarpen 42, 22848 Norderstedt (Allemagne)
Impression : Libri Plureos GmbH, Friedensallee 273, 22763 Hamburg (Allemagne)

ISBN : 978-2-3224-7907-8
Dépôt légal : Octobre 2024

L'amour, ce n'est pas seulement prendre, c'est aussi savoir se dévouer et se sacrifier.

Andrzej Sapkowski

I — Décombres

*

La guerre ravagea les frontières de Kemn comme un ouragan meurtrier. Elle était certes l'initiative du Sultan Silihim de Kemn, mais celui-ci n'avait pas prévu, en lançant l'offensive contre Sonne, que Helbbel se joindrait à son adversaire pour le renvoyer dans ses contrées et le punir au passage. Mais le châtiment toucha davantage les petites gens que le sultanat. Et alors que les frontières de Kemn furent repoussées, des Kemnites se retrouvèrent en Sonne, immigrés de facto, dans la misère du sillage de la guerre.

Guerres et attentats politiques de Selkrym, Lei Meklis

*

— Tu sais, gamin, un d'ces jours, je s'rai plus là pour te ramener d'quoi manger.
— Arrête de m'appeler comme ça, je suis plus un gamin, j'ai quatorze ans maintenant.
— Si tu veux que j'arrête de te traiter comme un

gamin, va falloir que tu m'prouves que t'en es plus un. Trouve-toi une arme, une vraie arme. Vole-la s'il le faut. Et alors, j't'appellerai comme t'en as envie.

Le vieil elfe regardait l'adolescent avec une lueur d'amusement dans les prunelles. La vieille chaumière qui leur servait de demeure ne tombait pas tout à fait en ruine, malgré les traces d'un incendie passé qui roussissait les murs de pierres blanches et les innombrables trous qui parsemaient le toit. Deistraz descendit de son échelle, un marteau à la main, alors qu'une planche barrait étrangement le plafond derrière lui, comme une pièce ajoutée à la va-vite pour repriser le faîte. Il fixa son mentor d'un air de défi.

— Non seulement je me procurerai une arme, mais je ramènerai à manger aussi. Tu verras, comme ça, que je peux me débrouiller !
— Bien, répondit l'elfe. Très bien. T'auras p'têt' moins d'chance que moi d'finir au trou, ou pire. Moi, avec mes grandes oreilles, je suis un suspect par défaut.
— Je ne comprends pas, pourtant, on a arrêté de

chasser les elfes et les créatures trolléennes il y a deux ans déjà !

— Deux ans, ce n'est rien, gamin. Ils appellent ça l'Âge de la Chasse. Une bien belle formule pour n'pas dire qu'ils ont exterminé des peuples entiers d'elfes, d'orcs et de gobelins. Tu sais comment qu'ils nous appellent ? Les créatures de l'ombre. Comme si on était plus maléfiques que les humains ! La belle affaire. Et puis, tout d'un coup, la Chasse s'arrête. Comme par magie, tout s'termine. Sauf que non, gamin. C'est pas fini. Le nombre de gars qui veulent ma peau... J'te parie qu'le seul truc qui les r'tient, c'est mon épée. Sans elle, j'suis un elfe mort, parole de Jelkim.

— Moi je pense que tu en fais trop. Tu te cherches juste des excuses pour ne pas avoir de relations avec les autres.

— Et puis quoi encore ? Tu veux pas que je me lie d'amitié avec eux ?

— Tu as bien décidé de t'occuper de moi.

Jelkim ne répondit pas tout de suite. Le gamin sourit. Il avait touché juste. Mais lorsque l'elfe reprit la parole, Deistraz l'écouta néanmoins avec attention.

— Avec mes sept-cent-quarante-huit ans de vie, il y a une chose que j'ai apprise. Ne pas faire r'tomber sur les cadets les erreurs des aînés. Tu n'es pour rien dans l'horreur qu'a décimé les miens. Ce s'rait injuste que tu paies pour ceux qui l'ont instiguée.

Il hocha la tête, comme pour montrer qu'il était d'accord avec son propre propos. Deistraz sourit en coin. Cet elfe qui l'éduquait était une sacrée tête de mule, mais il avait fini par s'y attacher. Ce n'était peut-être pas le meilleur père de substitution qu'il eût pu espérer, mais depuis que ses parents n'étaient plus, emportés en victimes collatérales d'une guerre qu'ils avaient tenté en vain de fuir, c'était le seul qui avait eu la bonté de cœur de prendre sous son aile un orphelin. Au début, ce n'avait pas été simple. À sept ans, perdre ses parents est une épreuve qui ne laisse pas indifférent ; le remplacement n'en est que plus difficile. Mais très vite, Deistraz avait appris à ne pas mordre la main qui le nourrissait, et avait fini par devenir coopératif envers son père adoptif.

— Tu sais, Jelkim, je te suis reconnaissant de m'être venu en aide.
— Ouais, ouais. Va pas m'faire larmoyer, gamin. Tu sais qu'j'aime pas ça.
— Je sais, je sais, mais... enfin, rien que tu ne saches déjà.
— Alors, économise ta salive et passe au prochain trou. J'vais t'donner un coup de main.

*

La lumière de la journée, adoucie par les nuages d'automne, se reflétait sur les grandes flaques qui pavaient le sol de Joskal. Le veig, détruit et abandonné lors de la guerre contre Helbbel et Sonne, avait encore des ressources à donner à qui osait venir fouiller et s'exposer aux chutes de décombres. Ce n'était pas un grand village, mais il était de taille suffisante pour que jadis, n'importe qui puisse y trouver ce dont il avait besoin. Pour Deistraz, il n'y avait pas de raisons que cela ait changé, au moins pour ce qui était non périssable. Ainsi, son activité principale depuis quelques mois était de venir fouiller les ruines en espérant y trouver des objets de valeur, ou tout du moins qu'il pût revendre, même à bas prix, dans un veig voisin, comme Seskas ou Felmar.

Sa meilleure prise avait été une bague en or blanc, sertie d'une pierre précieuse à peine endommagée, que Jelkim avait pu revendre pour près de trois pièces d'or. Mais ce jour-là, si Deistraz espérait renouveler son exploit, ce n'était pas pour ce qu'il en obtiendrait d'or ou d'argent. Il était là pour montrer qu'il était un homme. Il avait déjà trouvé et fouillé les restes de l'armurerie, sans succès. Les soldats qui avaient mis le veig à sac n'avaient pas eu la sottise d'y laisser des armes, en tout cas, pas aisément accessibles. Mais il restait un endroit qui l'intriguait, et qui pouvait, si les dieux le voulaient, abriter l'objet de sa convoitise, et bien d'autres. L'étage de la maison de l'Aikveig, encore debout, mais instable, contenait un coffre fermé. Il n'avait pas encore osé s'aventurer au-delà de l'escalier, car déjà, celui-ci était délabré et avait manqué de s'effondrer sous son poids. Mais ce qu'il avait vu l'obsédait. Ce coffre devait renfermer un petit trésor. Peut-être une arme, ou peut-être de quoi échanger contre une belle épée chez l'armurier de Seskas.

Il contourna une flaque d'eau avant de monter les quelques marches qui menaient à la maison de l'Aikveig. Il poussa la porte, et des souris déguerpirent, interrompues dans leurs activités par le craquement du bois. Ce n'étaient pas quelques rongeurs qui allaient le faire reculer, se dit-il, avant de pénétrer dans la masure. Elle avait dû être grandiose, à l'époque. Mais ce n'était plus qu'une ruine, à peine survivante d'un incendie qui avait laissé les murs dans un piteux état. Il s'avança vers l'escalier et gravit précautionneusement les degrés. Une à une, les marches en bois grinçaient, menaçaient de lâcher sous le poids du grimpeur. Il sauta une marche déjà fissurée et arriva dans l'encadrement de la porte du couloir de l'étage. En face, de l'autre côté de la maison, dans ce qui semblait être un bureau d'études, trônait le coffre que Deistraz convoitait.

Un pas après l'autre, il tâta le plancher. Un pied, puis l'autre. Au milieu du couloir, une planche se désolidarisa du sol. D'un pas agile, il reprit son équilibre et reposa le pied sur une planche plus stable. Le garçon soupira et essuya une goutte de sueur qui perlait sur son front. Il échappa à une chute à deux nouvelles reprises, mais il finit par atteindre le coffre. Celui-ci était verrouillé, mais Deistraz ne voyait pas de clé aux alentours et ne se sentait pas assez à l'aise pour fouiller ce qui était effectivement un bureau d'études, rempli de casiers, d'armoires et d'étagères. Il soupesa le coffre, et décida de l'emmener dehors tel quel. Il réussit à retraverser le couloir, et descendit l'escalier. Mais, sous le poids nouveau, une marche céda. Il s'enfonça sous les degrés, s'écrasa sur le sol et perdit connaissance.

Lorsqu'il rouvrit les yeux, il était recouvert de poussière. Il lui fallut quelques instants pour se rappeler où il était et vérifier qu'il n'avait rien de cassé. Sa jambe, son dos et ses mains étaient écorchés, mais il pouvait bouger. Le coffre, lui, était intact. Il finit par se relever et, malgré la douleur, réussit à le sortir de la maison. Il le laissa tomber sur le sol, s'assit sur les marches en pierres qui menaient à la masure, et s'appuya contre lui un instant pour reprendre son souffle. Puis, il attrapa son couteau et se mit à l'ouvrage. De longues minutes passèrent alors qu'il tentait de forcer la serrure du coffre. Il manqua à plusieurs reprises de s'entailler les doigts, et finit, après moult efforts, par laisser tomber.

Mais il ne s'avoua pas tout à fait vaincu pour autant. Après un rapide coup d'œil autour de lui, il repéra des gravats avec des formes qui lui convenaient. Il en ramassa et s'approcha du coffre, puis mit un énorme coup de pierre dans le couvercle. Il réitéra jusqu'à ce que le bois cédât. Puis il dégagea les morceaux de planches pour, finalement, découvrir le contenu de ce trésor. Il s'y trouvait, en plus de quelques outils d'écriture dont Deistraz était incapable d'évaluer la qualité, une baguette de bois ouvragée, surmontée d'un buste à l'effigie de Mehndéis, déesse du temps.

Bien que moins connue que son frère Bheldhéis, dieu de la lumière, Mehndéis était une figure importante dans la Sainte Croyance. Aussi, même Deistraz, malgré sa modeste éducation, savait qu'elle régissait tous les cycles, y compris celui de la vie et de la mort. S'il n'avait pas la moindre idée de ce à quoi pouvait servir cette baguette, il savait qu'il pourrait la revendre cher au temple de Bheldhéis ! Il en tirerait sans doute au moins une pièce d'or, et donc de quoi acheter une arme ! Il se mit donc en route vers Seskas, où un petit temple avait été construit. Le veig était à moins d'une lieue de là, et au bout d'une petite heure, il présentait sa baguette au prêtre local.

Comme il l'avait escompté, il en obtint trente pièces d'argent, soit l'équivalent de deux pièces d'or et de six pièces d'argent. Onze pièces d'argent suffisaient pour acheter une épée et son fourreau, aussi avait-il de quoi ramener non seulement une arme, mais également de la nourriture, le tout en gardant des économies. C'est donc plein de fierté et armé que Deistraz retourna à la chaumière qu'il habitait avec Jelkim. Il entra et trouva son mentor en train de ramoner la cheminée.

— Je suis rentré ! appela-t-il.

— Bonne journée, gamin ?

— Ne m'appelle plus gamin !

Jelkim se retourna vers le jeune homme et sourit en voyant l'arme à sa ceinture. Il essuya la sueur de son front en y laissant une trace noire de suie.

— Je vois ! Le p'tit Deistraz a grandi maintenant ! Tu vas pouvoir me montrer c'que tes entraînements nocturnes ont donné !

— Tu... Tu étais au courant ?

— Tu croyais pouvoir emprunter mon épée sans que je m'en rende compte ? Allons, gam... Deistraz, c'est mal me connaître ! Allez, laisse-moi deux minutes le temps d'me débarbouiller, et on verra c'que tu vaux !

*

Deistraz fit un pas de côté et tenta une touche d'estoc, repoussée par Jelkim qui, d'un mouvement de poignet, planta la lame de son adversaire dans le sol. Il posa la sienne sur le cou du garçon, qui lâcha son épée et leva les mains pour admettre sa défaite.

— Tu te débrouilles, mon grand. C'est pas mal c'que tu fais. T'as du potentiel et t'es plutôt roublard dans ton genre. Avec un peu d'pratique, tu d'vrais t'en sortir contre un chef. Pense à rester mobile, cela dit. C'est bien de travailler tes bottes, c'est mieux si t'arrives à les exécuter en te déplaçant.

— D'accord !

— En tout cas, c'est une belle arme que tu as trouvée.

— Je l'ai achetée avec ce que j'ai obtenu de ma journée de travail. Je crois que je serai bientôt venu à bout de Joskal. J'ai fouillé un des derniers endroits prometteurs du veig. À mon avis, il va falloir que je trouve une autre activité.

— Alors c'est bien que tu t'sois trouvé une arme ! T'auras p'têt' la possibilité de faire quelques boulots pour d'honnêtes citoyens, p'têt même que tu pourras chasser l'argent !

— Ce serait bien !

*

Deistraz fut réveillé par un bruit qu'il n'identifia pas tout de suite. Dans la pénombre de la chambre qu'il partageait avec Jelkim, il aperçut la silhouette d'un homme, dépenaillé, qui s'enfuyait avec un objet sous le bras. Il fallut une seconde de trop au jeune homme pour se rendre compte que l'objet en question était la cassette qui contenait les économies de Jelkim et lui-même. Il se releva d'un bond, et remarqua que son mentor n'était pas dans la pièce.

Il poursuivit le voleur, non sans attraper son épée au passage, et sortit de la chaumière. Dans la forêt qui entourait la maison, il serait plus difficile de garder son allure, d'autant que Deistraz n'avait pas l'habitude de courir avec une épée, et n'avait pas de chaussures. Il cria plusieurs fois à l'attention du malfaiteur, le sommant de rendre sa prise. Mais l'autre ne se retourna même pas, et la voix encore aiguë de l'adolescent se perdit dans le bois. Le bandit était agile, et il finit par distancer son poursuivant. Ce dernier, après un ultime effort pour essayer de rattraper l'objet de sa fureur, se prit le pied dans une racine et tomba la tête la première sur le sol laissé boueux par la pluie.

Il jura. Il avait laissé le vaurien s'enfuir... Qu'en dirait Jelkim ? Il ne serait sans doute pas en colère, mais se moquerait de lui et le traiterait, à nouveau, de gamin. Mais où était-il passé ? Pourquoi n'avait-il pas lui aussi coursé le voleur ? Un étrange sentiment s'empara de lui. Quelque chose avait dû se passer. Jelkim n'aurait pas laissé quelqu'un voler les quelques économies qu'ils avaient réussi à faire. En toute hâte, il rebroussa chemin et retourna dans la chaumière.

— Jelkim ? appela-t-il sans obtenir de réponse. Où es-tu ?

Le silence devenait pesant. Il pénétra dans la demeure, et vit alors ce qui lui avait échappé à son passage dans l'autre sens, trop pressé qu'il était de rattraper le pillard. Sur le sol gisait le corps, maculé de sang, de son mentor. Celui-ci parvint à gémir quelque chose que Deistraz ne comprit pas. Il s'approcha à toute vitesse et constata que son père adoptif avait été poignardé au ventre. En un instant, il reconstitua la scène. Jelkim avait surpris le voleur, et ce dernier, paniqué, avait planté son couteau à la hâte. Peut-être avait-il touché le diaphragme, limitant ainsi la puissance du cri de du vieil elfe... Ou peut-être Deistraz ne l'avait-il tout simplement pas entendu dans son sommeil. Peut-être, enfin, était-ce le bruit qui l'avait réveillé.

Mais si ces pensées fusaient dans la tête du jeune homme, il ne pouvait pas rester là sans rien faire. Il attrapa un torchon qu'il pressa contre la plaie. Jelkim n'était pas inconscient. Il n'était pas mort. Il devait trouver un moyen de le sauver. D'une main, il saisit celle de son père adoptif pour le forcer à tenir le tissu. Mais le blessé empoigna l'adolescent.

— Deistraz... C'est trop tard...
— Non ! Tout va bien, tu es en vie !

— J'ai vécu... suffisamment longtemps... pour savoir que c'est fini... Je l'sens...

— Pitié non ! Ne meurs pas ! Tu ne peux pas mourir ! Pas toi !

— Deistraz... Tu... T'es capable d'accomplir de grandes choses... Cherche pas à m'venger... Celui qui m'a fait ça... C'est aussi une victime... Un pauvre de plus qu'a pas trouvé d'meilleur moyen pour survivre...

— Mais...

— Ne m'interromps pas... Cette arme que t'as... Je veux que tu m'promettes que tu f'ras de belles choses avec... que tu seras pas comme ceux qui m'ont chassé jadis... Promets-le-moi...

— Je... Je te le promets, Jelkim...

— Bien... bien... bien.

Il ferma les yeux en prononçant ces derniers mots. Il eut peine à prendre une inspiration supplémentaire, et, dans un ultime souffle, sa vie cessa.

II — Le Kemnite

*

L'esclavage est une pratique courante en Sonne. Les prisonniers, plutôt que d'être enfermés, travaillent pour une organisation ou une personne de prestige afin d'expier leurs fautes. Il n'est pas rare qu'après quelques années de service, selon la gravité de leurs actes, on les affranchisse de leur statut d'esclave tout en leur offrant de continuer leur travail auprès de leur ancien maître.

Coutumes de Sonne et d'ailleurs, Malk'r Klobas

*

La taverne était presque vide quand la bande entra. Ils étaient six, un peu éméchés, mais non au point de tituber. Ils s'approchèrent du bar où la tenancière faisait la grimace. Elle devait les connaître, ces gars, et ne pas les apprécier. Elle posa néanmoins les mains sur le comptoir et demanda, d'un ton impavide :

— Ce sera quoi, messieurs ?

— Donne-nous ta bourse !

Celui qui semblait être le chef de la bande avait annoncé cela avec l'assurance de celui à qui on ne dit pas non. Pourtant, la tavernière fit mine de ne pas avoir compris.

— Ta bourse ! Vite, avant que je t'étrangle !
— Il doit y avoir quelque chose que je ne comprends pas, reprit l'aubergiste. Ma bourse, ça ne se boit pas. Et pour le reste, c'est au Kemnite qu'il faut s'adresser.
— Le Kemnite ? Il paraît que c'est qu'un gamin. Alors c'est pas moi que ça va impressionner !

Quelqu'un toussa parmi les quelques clients. Mais la brute ne sembla pas y faire attention. L'homme tira son épée et réitéra son ordre. C'est alors qu'une voix, dont le ton instable oscillait entre les graves et les aigus, s'éleva.

— Il n'y a pas grand monde qui a les couilles de me traiter de gamin en face. Est-ce que toi tu les as ?

Le Kemnite était assis à une table, avec deux personnes avec qui il semblait jouer aux dés. Il ne levait pas les yeux vers la fripouille qui avait menacé le tavernier, comme s'il s'en désintéressait. Il jeta les dés, sourit, et ramassa quelques pièces. Un long silence s'était installé. Les compagnons de jeu du jeune homme ne relancèrent pas de partie. Au lieu de cela, ils se tournèrent vers la brute. Finalement, ce dernier s'éclaircit la gorge et commença :

— Je... C'est toi le Kemnite ? Eh, les gars ! Il est encore plus jeune que ce que je pensais, il a quoi, dix-sept ans, pas plus !
— Je te laisse dix secondes pour t'excuser et sortir de cette auberge.
— M'excuser ? Même pas en rêve !

Le Kemnite ne répondit pas. Au lieu de cela, il entama, à haute voix, un décompte. Lorsqu'il fut à deux secondes de la fin, il se leva. À une seconde, il dégaina son épée. À zéro, il bondit en avant. Le rustre leva son épée in extremis, et dévia un coup qui allait lui ouvrir la gorge. Avant qu'il n'ait le temps de reprendre ses appuis, un nouveau coup de taille lui échoppa le nez. Les acolytes du brigand dégainèrent enfin leurs armes, mais les compagnons de jeu du Kemnite firent de même, et, à trois contre six, ils tinrent tête à leurs assaillants. Mieux encore, le Kemnite blessa un de ses adversaires au bras, l'empêchant ainsi de se battre, tout en se défendant contre l'autre. Il esquiva un coup d'estoc et fondit sur le truand pour lui enfoncer le genou dans les côtes. L'homme s'étouffa, et n'eut pas le temps de reprendre son souffle qu'il fut traversé de part en part par un coup d'épée vertical.

Très vite, le petit groupe prit le dessus sur le plus gros, et les deux qui n'étaient pas morts étaient incapables de se battre, tous deux blessés au bras. Le Kemnite leur indiqua la porte d'un signe de tête vague et désintéressé. Ils prirent leurs jambes à leur cou et disparurent de l'établissement. Les compagnons du Kemnite emmenèrent les corps hors de l'auberge, pour les déposer quelque part dans les plaines où ils seraient dévorés par les charognards. L'aubergiste servit une chope de bière à son sauveur.

— Merci, Deistraz, lui dit-elle.

— C'est normal, répondit le jeune homme. T'es mon aubergiste préférée. Je ne te laisserai pas te faire piller par des gredins comme lui.

— Comment grandit ta bande ?

— Oh, plutôt bien. Le nom du Kemnite commence à attirer des hommes d'un meilleur calibre. Et la garde, aussi. Mais ça, c'était inévitable.

Il eut un rire sonore, et sa voix refit un tour par les aigus. Néanmoins, personne ne se moqua. Personne ne se moquait plus de lui. Il n'était plus un gamin. Il était un homme, quand bien même son corps n'avait pas terminé de changer. Et cela se savait. Même lorsqu'on ne connaissait pas son visage, rares étaient ceux qui osaient parler en mal du Kemnite ou de ses hommes. Il lui avait fallu du temps pour en arriver là. Ce respect, il l'avait gagné, à la sueur de son front et à la vigueur de sa lame.

D'abord seul, il s'était fait connaître en battant quelques épéistes en duel, et ses bottes bien travaillées, inspirées de celles de feu Jelkim, avaient eu raison de ses divers adversaires. Il avait gagné des paris sur sa capacité à battre telle ou telle personne, et petit à petit, il avait mis le pied dans le crime organisé, le tout avec une seule idée en tête. Un jour viendrait où il serait assez puissant, où il aurait assez d'hommes, pour se venger des vrais responsables de la mort de son mentor. Il ne s'agissait pas du voleur. Il n'était qu'une conséquence. Non, les vrais coupables étaient ceux qui possédaient trop, et ne donnaient pas assez. Et le plus grand d'entre eux était le roi Mezzar.

C'était un roi jeune, d'une trentaine d'années. Il occupait déjà le trône quand, trois ans auparavant, Jelkim avait été tué. Et depuis, il n'avait rien fait pour changer la situation des nécessiteux de Sonne. Au contraire, il avait, depuis la guerre, amassé un butin non négligeable, qu'il avait partagé avec ses notables. Mais les villes saccagées avaient eu peine à se remettre, et les frontières conquises avaient été laissées à leur sort ; si on omettait le déplacement de soldats sur les routes commerciales, pour éviter les vols de marchandises.

De plus, Mezzar punissait les voleurs en leur faisant couper les mains depuis quelques années. Non pas une, comme on peut le voir dans certains pays, mais les deux. Ainsi, il condamnait les pauvres qui volaient pour subvenir à leurs besoins à plus de pauvreté, en leur interdisant de trouver un travail, puisque, privés de leurs extrémités, il leur était impossible d'accomplir quelque tâche d'artisanat ou d'agriculture que ce fût. C'était un roi dur et l'on disait, en plus, qu'il s'emportait facilement, ce qui, combiné, faisait beaucoup de défauts aux yeux de Deistraz.

Alors, il s'était mis en tête de le détrôner. Il ne savait pas encore comment il allait faire, mais une chose était sûre : quelle que fût sa stratégie, il avait besoin de plus d'hommes, et notamment, il devait trouver un moyen de se mettre au moins un thaumaturge dans la poche. Le problème était que les mages sont éduqués, et font donc rarement partie du petit peuple dans lequel il se faisait un nom. Son seul espoir était de trouver un sorcier ou une sorcière, quelqu'un dont la magie était instinctive et qui serait issu d'une famille pauvre. C'était à cela qu'étaient occupés la majorité de ses hommes : trouver un sorcier avant qu'il ne soit repéré par un thaumaturge plus aisé qui déciderait de le prendre sous son aile. Et lui, pendant ce temps, s'assurait que son nom fût connu dans les quartiers pauvres de Kolkar, capitale de Sonne.

La tavernière refusa poliment le paiement de Deistraz. Elle expliqua que c'était un remerciement pour l'avoir débarrassé des brutes.

— Déjà que tu m'offres ta protection sans me faire payer, je ne vais pas en plus te faire payer cette bière.
— Tu es trop gentille, Loistr, mais c'est probablement pour ça que j'aime autant ton auberge.
— J'ai entendu dire que tu cherchais un gamin ?
— On dit ça ?
— C'est la rumeur qui court.
— Ce n'est pas tout à fait vrai. Mais ce n'est pas faux non plus. Laisse courir la rumeur. Elle me plaît.
— D'accord. Oh, et... avant que tu partes... La garde est particulièrement aux aguets en ce moment. Tu

devrais faire profil bas sur les braquages...

— Au contraire... C'est le moment idéal pour frapper. Merci Loistr. Passe une bonne soirée.

Il sortit de la taverne d'un pas tranquille et se dirigea vers les quais. L'air frais de l'hiver accompagnait le bruit des débardeurs qui déchargeaient un bateau fraîchement arrimé, du capitaine qui félicitait ses matelots et leur donnait leur solde, du fracas d'une caisse lourdement déposée dans un entrepôt. Le Kemnite, malgré son surnom, se sentait à sa place, ici. Il était au milieu de ceux qui se tuaient au travail pour enrichir les grandes familles de nobles. Il était avec les hommes qui avaient appris à gagner leur croûte de leurs propres mains. Il avait un respect total pour eux. Même le capitaine devait être un travailleur. Aussi ne le volerait-il pas. En revanche, il se tiendrait informé de l'acheteur de ses marchandises... Et peut-être ce dernier ne les verrait-il pas de sitôt.

Il se rendit dans un des entrepôts. Il frappa à une porte, et après avoir regardé par une ouverture, on lui ouvrit rapidement. Une lanterne éclairait un livre de comptes, posé sur un bureau. C'était tout ce qui importait à Deistraz. Il n'avait cure des trois hommes qui semblaient l'attendre. Il écouta néanmoins ce que celui qui lui avait ouvert avait à lui dire.

— Le commerce va bien. On a fini de refourguer tout le butin de Speilsa, et on a un acheteur pour les tonneaux de liqueur rekmalienne.
— Combien ?
— Sept-mille.
— Parfait. Tu as déjà payé Grols ?
— J'attendais ton aval.
— Grols est notre intermédiaire. S'il nous lâche, on ne vend plus rien. Paie-le dès que possible.

Il s'assit devant le bureau et consulta le livre de comptes. Après quelques minutes, il posa finalement les yeux sur les trois hommes, et soupira.

— Vous voulez tous la même chose, pas vrai ?
— C'est-à-dire... commença le premier.
— Tout à fait, coupa le second.

— Je suis prêt à donner beaucoup, ajouta le troisième.

Il fouilla sa besace et en sortit une dague, finement ouvragée, dans un fourreau d'une facture remarquable. Sous le manche se trouvait gravé un symbole fin, qui était à la fois un sceau magique et la signature de son créateur. C'était une dague de Tyelm, le sorcier-forgeron de Lomnirs. Tyelm était un ermite qui vivait dans les montagnes du nord, quelque part entre le massif de Doroun et le pic de Solskan. Ses œuvres étaient rares et chères, et l'une d'entre elles se trouvait là, récupérée lors du saccage d'un convoi discret que Deistraz avait eu l'intelligence d'intercepter.

— Qu'on en finisse. Combien ?
— Trois-mille.
— Quatre !
— Cinq !
— Alors six !
— Oh ! Oh ! On se calme ! Vous êtes prêts à mettre de l'argent, mais ce n'est pas ce qui me manque le plus. Qu'est-ce que vous pouvez m'offrir que personne

d'autre ne puisse me donner ? C'est ça, la vraie question.

— Je... hésita le troisième. Je crois que je connais le gamin que vous cherchez... C'est votre petit frère, pas vrai ? Je pense savoir où il se trouve.

— Voyez-vous ça ? Et où donc ?

— Si on conclut un marché, je vous y mènerai en personne !

— Intéressant... Et qu'est-ce qui te fait dire que c'est la personne que je cherche ?

— Vous avez un air de famille, je ne me trompe jamais sur ces choses-là.

— Eh, Kram ! Fais venir Rekso et Niv.

L'homme qui avait ouvert la porte s'éclipsa, et le Kemnite reprit sa conversation.

— Les autres ? Qu'avez-vous à me proposer ?

— Attendez, reprit le troisième, vous allez vraiment marchander avec eux alors que vous pouvez retrouver votre frère ?

— Tu comptes m'apprendre à faire mon métier ?

demanda Deistraz d'un ton amusé.

— Non ! Non, bien sûr. Je vous prie de m'excuser, j'étais seulement... surpris.

— Toi, dit-il en se tournant vers le deuxième, as-tu quelque chose à m'offrir ?

— Je... Je dois avouer que je ne crois pas avoir quoi que ce soit qui puisse vous intéresser. Mais je peux monter mon enchère à dix-mille.

— Et toi ?

— Eh bien... commença le premier. Je ne sais pas quelle valeur vous y accorderez, mais... Je connais quelqu'un qui serait très... heureux de savoir où vous vous trouvez. Il s'agit du capitaine de la garde des bas quartiers, Silkar.

— Tu me menaces ?

— Loin de moi cette idée ! Il se trouve qu'il pourrait, en échange de certaines... faveurs... fermer les yeux sur un certain nombre de vos actions. Il cherche un collaborateur et je crois qu'il me fait assez confiance pour que je lui présente quelqu'un. Pourquoi m'en aurait-il parlé, autrement ? Voilà donc mon offre. Une entrevue, purement professionnelle, avec le capitaine de la garde, dans le but de... négocier. Le tout dans un endroit sûr. Un terrain neutre qui saura vous mettre tous deux en confiance.

Les dénommés Rekso et Niv entrèrent dans la pièce. Le Kemnite les salua de la tête, et montra le troisième négociateur.

— Accompagnez cet homme au Perchoir, pour se croire suffisamment malin pour berner le Kemnite. Assurez-vous qu'il profite bien de la vue.
— Attendez ! s'exclama l'homme. Je ne me moque pas de vous ! Je l'ai vraiment trouvé !
— Je n'ai pas de frère, imbécile. Par contre, ce que j'ai, c'est une dent contre ceux qui veulent marchander avec moi en se servant de gens qui me seraient chers.

Les deux hommes de main de Deistraz saisirent le négociateur par les épaules, et, alors qu'il se mettait à crier, Niv l'assomma d'un coup sec sur le crâne.

— Faut qu'on attende qu'il se réveille pour le jeter du Perchoir ?

— Non, non. Faites ça vite. Et tuez-le avant de le jeter. Je ne veux pas qu'il ait la moindre chance de survie.

— D'accord !

— Revenons à nos moutons. Toi, dit-il au deuxième, comme tu l'as dit, tu n'as rien qui m'intéresse. Tu peux t'en aller. Mais ce sera un plaisir de faire affaire avec toi une autre fois. Sache que j'ai apprécié ton honnêteté... J'aurai peut-être d'autres marchandises qui te plairont. Je te recontacterai. Enfin, toi... Est-ce que tu es prêt à mettre dix-mille pièces d'or en plus de ta faveur ?

— Dix-mille ? C'est... beaucoup.

— Je n'ai pas besoin de vendre ce poignard. Alors si tu ne le veux pas, je le garde.

— Je... Va pour dix-mille.

— Et la faveur.

— Dix-mille, et la faveur.

— Parfait. Ce fut un plaisir.

Ils se serrèrent la main, concluant ainsi une affaire rondement menée. Cette rencontre serait sans aucun doute des plus intéressantes...

III — Rencontres

*

Reste le cas du Kemnite. C'est un truand comme on en trouve peu désormais. Son identité est inconnue, mais ce surnom est celui qui revient le plus dans ceux qui dérangent nos affaires. Les rumeurs le décrivent comme quelqu'un de généreux, mais ce qu'il donne d'une main, il l'a volé de l'autre, et ce en laissant cadavres et blessés sur son sillage. Cela dit, nous devons nous méfier, car cette image d'homme qui donne sans demander en retour le fait bien voir par le peuple. Si nous le trouvons et l'exécutons, cela pourrait donner lieu à une révolte qui coûterait cher à mater. D'autant que nos relations avec Helbbel se portent bien, et que leur roi est plutôt partisan d'une certaine proximité avec les vulgaires. Si nous souhaitons collaborer plus longtemps et profiter de leurs marchandises, il vaudrait mieux ne pas attiser la haine.

Message du conseiller Filbroil au roi Mezzar

*

— Ce n'est pas ce que j'appelle un terrain neutre, murmura Rekso.

— C'en est un, répondit Niv. Le théâtre n'est pas sur le territoire couvert par la garde de ce Silkar. Nous sommes hors de sa juridiction. Et... loin de la zone d'influence du chef aussi.

Deistraz écoutait à peine ses hommes qui parlaient dans son dos. Il avançait dans les rues pavées de la haute-ville, à proximité du grand théâtre de Kolkar. L'entrée était restreinte, et des gardes contrôlaient qui pénétrait dans l'enceinte de la salle. Le Kemnite et ses acolytes sortaient du lot de par leurs vêtements, moins à la mode, et plus rapiécés que ceux des autres invités. Mais lorsqu'ils arrivèrent au niveau des gardes et que Deistraz montra le billet que lui avait donné son contact, il put passer sans qu'on lui posât de questions. Niv et Rekso entrèrent avec lui et ils se dirigèrent vers les escaliers. Le contact avait indiqué la loge neuf, au premier étage. Il frappa à la porte.

— Entrez, fit une voix fatiguée. Bienvenue, Kemnite.

Heureux de vous rencontrer.

— Vous devez être Silkar ?

— Tout à fait. Nous serons tranquilles pour parler ici.

Il se tourna vers les deux hommes de main et eut un geste d'incompréhension.

— Est-ce vraiment nécessaire ? Nous sommes là pour parlementer. Et puis, je n'ai même pas d'arme sur moi.

— Laissez-nous, dit Deistraz à l'attention de ses hommes. Attendez à l'entrée de la loge.

— Voilà qui est mieux.

— On m'a dit que je pourrais vous être utile. Que vous cherchiez un partenaire. Vous pouvez m'expliquer ?

— Droit au but, hein ? On ne m'a pas menti. Vous savez ce que vous voulez. Soit, laissez-moi vous expliquer. Cela fait des années que je travaille dans la garde de Kolkar. Suffisamment pour être devenu capitaine en commençant en bas des échelons. Autant vous dire que ça fait un bout de temps.

— Et ? s'impatienta le Kemnite.

— Et ça ne paie pas très bien. La solde d'un garde est

assez peu de choses par rapport à ce que peut brasser quelqu'un comme vous. Alors voilà ce que je vous propose. En échange d'un pourcentage de vos gains, je vous fournirai des endroits où la garde sera... moins regardante, et ce malgré les ordres. Je vous offre des prises faciles, et vous, vous m'offrez une partie de ce que vous en tirez.

— Je vois... C'est intéressant. Voici cependant une autre proposition à étudier. Laissez la garde se renforcer à des points stratégiques que je vous donnerai. Vous y trouverez des coupables parfaits, tout en me laissant le champ libre là où je souhaite frapper. Bien entendu, vous gagnez toujours un pourcentage de mes gains. Une part, en fait, équivalente à celle que je laisse à mes hommes.

— Mais... je ne suis pas un de vos hommes.

— Et pourquoi pas ? déclara-t-il en souriant. Vous y gagneriez. D'autant que je ne vous demande pas de vous mettre en danger, au contraire, je vous offre de vous affirmer en tant que capitaine de la garde des bas quartiers. L'homme qui aura démantelé plusieurs réseaux de bandits de Kolkar.

— Et vous, vous deviendriez le seul maître de la criminalité locale...

— Exactement... Mais ça arrivera quoi qu'il advienne. La question étant : voulez-vous être de mon côté et gagner réputation et pièces d'or, ou vous mettre en travers de mon chemin et devenir un adversaire du Kemnite ?

Silkar fixa son interlocuteur. Il semblait en pleine réflexion. Sans doute mesurait-il le pour et le contre de ce qui était finalement plus qu'une simple négociation commerciale. Deistraz reprit la parole en posant une main amicale sur l'épaule du capitaine.

— Vous savez, Silkar, je suis encore jeune, mais la vie m'a déjà appris une chose. On doit saisir les opportunités qui se présentent à nous. Vous n'êtes pas né de la dernière pluie, vous savez que personne ne peut vous apporter ce que je vous offre actuellement. Personne ne peut faire de vous un héros tout en vous donnant plus d'or que vous n'en aurez jamais besoin. Une part, c'est ce que je réserve à mes hommes, mais c'est aussi ce que je me réserve. Ce n'est ni plus ni moins que le dû de ceux qui participent à mon projet d'avenir. Si je m'enrichis, vous vous enrichirez aussi. Et si vous deviez vous retrouver dans une situation difficile, vous bénéficieriez de ma protection, sans me devoir une once d'argent. C'est donnant donnant. Un marché en bonne et due forme. Alors, qu'en pensez-vous ?

Au fil de sa tirade, Deistraz avait pu voir les traits du capitaine passer de la stupeur à l'incertitude, de l'inquiétude à la capitulation. Aussi, il ne fut pas surpris le moins du monde quand Silkar s'éclaircit la gorge et annonça :

— Je crois bien que vous avez raison. Votre offre est pour le moins alléchante. Vous semblez savoir ce que vous faites, malgré votre jeune âge. Je vous suis.
— Parfait. Dans ce cas, je vous recontacterai. Si vous avez besoin de me parler, laissez un message à Loistr,

la tenancière de l'Aigle Brûlé. Elle saura me le faire parvenir.

— Très bien.

— Ce fut un plaisir de faire affaire avec vous.

Ils se serrèrent la main et Deistraz sortit de la loge. Il n'avait pas fait attention à la pièce de théâtre à laquelle il était censé avoir assisté. Mais il n'en avait cure. L'affaire qu'il était venu conclure s'était déroulée à la perfection. La journée se terminait bien.

*

Il était tard dans la nuit, ou tôt dans la matinée. Dans l'entrepôt, une dizaine d'hommes dormaient, comme des marins dans la cale d'un navire, dans des hamacs de fortune, bien loin des lits douillets qu'ils auraient pu se payer. C'était une des fiertés de Deistraz. Ses hommes avaient développé un tel dévouement à son égard qu'ils préféraient rester dans l'entrepôt qui leur servait de base d'opérations plutôt que de s'offrir une chambre dans une auberge, ou de faire construire une maison. Sans cela, on aurait pu croire que seul l'appât du gain les motivait, car nul ne payait aussi bien que lui. Mais il savait qu'il n'en était rien. Ce qui les tenait à son service, c'était son charisme et sa capacité à organiser des coups de qualité.

Quelqu'un frappa à la porte. Il se leva, fit glisser le panneau de l'œilleton et vit un de ses hommes. Il ouvrit et montra une mine surprise.

— Ylinim ? Que fais-tu ici ?
— Je ne viens pas seul, répondit l'intéressé avec un grand sourire. Regardez ! Il vient de Kal'zaar, à la frontière de Helbbel !

Derrière lui se tenait un garçon d'une douzaine d'années, le visage pétri de fatigue, habillé en guenilles crasseuses. Son teint pâle frappa Deistraz qui posa une veste sur les épaules de l'adolescent.

— Par Bheldhéis, tu as l'air d'être à moitié mort !
— Je suis seulement fatigué... répondit-il en bâillant.
— On va te trouver un endroit où dormir. Comment t'appelles-tu ?

— Zok, et toi ?

— Moi c'est Deistraz. Si qui que ce soit est désagréable avec toi, fais-le-moi savoir, d'accord ?

— D'accord... Je peux savoir pourquoi on m'a amené ici ?

— Ylinim ne t'a pas expliqué ?

— Il m'a dit qu'on pouvait m'aider, que mes pouvoirs seraient mis à contribution, mais il n'a rien dit de plus. Je pensais qu'il allait me conduire à un thaumaturge, mais tu n'as pas l'air d'en être un...

— En effet, je n'en suis pas un. Mais... crois-moi, ça ne m'empêchera pas de trouver de quoi faire de toi un grand sorcier. J'ai déjà un plan.

— Un plan ?

— Ah, oui, tu ne sais pas ce qu'on fait ici. Laisse-moi t'expliquer. Tu vois les nobles et les riches qui possèdent les terres et les veigs ?

— Oui, papa disait qu'il fallait qu'on les serve bien si on voulait avoir de quoi manger...

— Disait ? Il a changé d'avis ?

— Il est mort il y a un an. Il a attrapé le catarrhe noir...
— C'est... tragique. La malemort frappe les plus justes d'entre nous. J'ai perdu mes parents pendant la guerre, je sais ce que ça fait... Nous allons tâcher de mériter que tu nous considères comme ta nouvelle famille. Je te prends sous mon aile. Ensemble, on va te trouver de quoi apprendre des sorts puissants. On va dépouiller les nobles et récupérer ce qu'on mérite. On va faire en sorte qu'il n'y ait plus de pauvres, plus jamais. D'accord ?
— Et... comment va-t-on faire ça ?
— Je t'expliquerai ça plus tard. Pour le moment, il faut dormir. Ylinim ! Trouve-lui un hamac ou une paillasse. Mets-le à ma place s'il le faut.

Zok et Ylinim s'éloignèrent et Deistraz sourit. Il avait son sorcier. Il se rassit à son bureau et commença à rédiger des lettres. Dès le lendemain, il rappellerait ses hommes. Les attaques de grande envergure allaient commencer.

*

C'était la troisième heure de la nuit. Le veig était encore animé par endroits, mais si les tavernes et les quais étaient bondés, l'avenue du Palais était quasiment déserte. Mais ce que les hommes du Kemnite, disposés de part et d'autre de la voie, attendaient patiemment finit par arriver. Deistraz fit un signe alors qu'un carrosse approchait. Son allure était modérée, du fait du pavage irrégulier dans cette zone de Kolkar. Les hommes, apparemment occupés à jouer aux dés ou à battre les cartes, se préparaient en fait à agir. Et lorsque la voiture fut à portée, Deistraz fit un nouveau geste.

Comme un corps militaire, les troupes du Kemnite se mirent en marche. Rekso, muni d'une hache de bûcheron, donna un grand coup dans la roue arrière droite. Deux hommes se couchèrent devant le cheval pour l'empêcher d'avancer, alors que Niv se jetait sur le cocher avant qu'il ne pût réagir. Au même moment, un homme ouvrait la porte du carrosse et un autre sautait dedans, l'épée à la main. Mais immédiatement, il y eut un grand bruit sec, et il fut projeté hors du coche. En même temps, un thaumaturge, les mains fumantes de la magie qu'il venait d'utiliser, sortit à sa suite, les sourcils froncés, prêt à se battre. Mais avant qu'il pût bouger, une volée de flèches tirées par cinq hommes, dirigés par Kram, s'abattit sur lui. Il s'effondra en criant. L'homme qui avait ouvert la porte entra et ressortit avec un bahut. Et en moins de dix secondes, tout ce beau monde disparut dans les rues de Kolkar.

Ils se retrouvèrent une heure plus tard dans l'entrepôt, à ouvrir le coffre. Deistraz en sortit un certain nombre de vêtements, tous des robes de thaumaturge, avant de tomber sur ce qui l'intéressait avant tout, et la cause de ce vol. Une cassette qui contenait une dizaine de parchemins. Il les brandit et il y eut des cris de joie.

— Merci à tous pour votre travail d'aujourd'hui ! Et un remerciement spécial à Geltiv qui s'est cassé une côte pour cette opération. Vous nous avez fait avancer dans notre quête ! Cette nuit est à marquer d'une pierre blanche, car à partir d'aujourd'hui, mon frère Zok va pouvoir se former à son talent !

Zok sourit timidement alors que Deistraz posait la main sur son épaule. Puis il jeta un œil à un des parchemins.

— C'est compliqué, mais... Je crois que j'arrive à comprendre.
— Parfait. Dans tous les cas, tu auras tout le temps d'étudier tout ça dorénavant ! Regarde, et apprends ce qui te plaît !

*

Deistraz ouvrit la porte de son bureau et y trouva Zok, endormi sur ses parchemins. La nuit était froide, aussi, il retira sa veste et la plaça sur les épaules de celui qu'il appelait son frère. Il regarda les tracés incompréhensibles de l'un des parchemins. On pouvait y lire des instructions concernant la volonté et le mana, mais c'était tout ce qu'il arrivait à en déchiffrer. Le reste n'était qu'un charabia abscons. Pourtant, depuis plusieurs jours déjà, Zok les lisait et en tirait des connaissances auxquelles il n'aurait jamais accès. Après tout, ce n'était pas son rôle. Il n'était pas doué pour la magie. Quant à Zok... Il n'avait pas encore montré de quoi il était capable, mais Deistraz savait qu'il ne serait pas déçu. Ses hommes commençaient à murmurer que peut-être, le sorcier n'en était pas un, ou seulement à moitié, quoi que cela veuille dire. Mais si Deistraz n'était pas un thaumaturge, il avait ressenti quelque chose de particulier chez Zok. Quelque chose qu'aucun de ses hommes ne lui avait fait ressentir. Et il était certain que c'était la magie.

Zok s'éveilla légèrement, tirant le Kemnite de ses réflexions. Il reposa le parchemin, et s'accroupit.

— Ça va, Zok ? demanda-t-il doucement.
— Je n'y arrive pas... Ces sorts sont trop compliqués... J'apprends des choses, mais ça ne suffit pas...
— Si tu apprends des choses, tu finiras par y arriver. J'ai confiance en toi.
— Et si tu te trompes ? Tu auras investi en moi pour rien...
— Je ne me trompe pas. Je suis certain que tu es capable de t'en sortir. Et quand bien même tu

n'arriverais pas à exécuter ces sorts, nous en trouverons d'autres ! J'ai confiance en toi. Si tu ne crois pas en toi, crois en moi.

— D'accord...

— Et tu sais quoi ? Assez travaillé pour aujourd'hui. Viens, on va jouer aux cartes.

— Je... ne sais pas comment faire...

— Je vais t'apprendre. Allons-y.

Alors qu'il lui expliquait les rudiments du jeu de la bataille nowlsarienne, originaire de l'île de Nowlsar'h, au nord-ouest, ils marchèrent vers l'Aigle Brûlé. Mais Zok s'arrêta soudain et contempla la mer. Deistraz cessa ses explications, s'arrêta et sourit en admirant les vagues. Ce morceau de mer était presque enclavé entre les terres de Sonne et de Helbbel, aussi, malgré l'hiver, il était le plus souvent calme, et l'on naviguait sans grandes difficultés dessus.

— Je n'avais jamais vu la mer avant d'être emmené ici, avoua Zok. Seulement l'Angwi, qui descend en Helbbel. Il paraît qu'il se jette dans une autre mer, mais je n'ai jamais pu voir ça.

— Il aurait fallu que tu traverses Helbbel de part en part. Je te montrerai sur une carte si tu veux.

— Je veux bien, dit-il en hochant la tête.

— Et maintenant que tu vois la mer, ça te plaît ?

— C'est magnifique. Son bruit me rassure. C'est comme si on me berçait.

— Est-ce que ça te plairait de faire un tour en bateau un de ces jours ?

— Ce serait possible ?

— Pas dans un grand navire, mais on pourrait louer une barque à un pêcheur.

— Ça serait fantastique !

— Alors, dès demain, je t'emmène en mer !

Ils reprirent leur marche vers l'Aigle Brûlé, et passèrent une bonne partie de la nuit à jouer aux cartes, boire de la bière et perdre de l'argent aux dés. Zok finit par admettre que les dés ne lui plaisaient pas, alors ils jouèrent aux cartes à nouveau, et ce jusqu'à ce que Loistr les invitât à quitter les lieux ou à louer une chambre, car elle allait fermer. Les deux jeunes hommes, Zok titubant plus que Deistraz, retournèrent alors à l'entrepôt. Zok s'effondra dans son hamac, et manqua de le faire se retourner. Le Kemnite se rendit dans le sien et jeta un œil vers celui qu'il appelait son frère. Il sourit légèrement. Il s'y était attaché, pour sûr. Ce petit sorcier lui rappelait un peu ce qu'il avait été quelques années auparavant. Orphelin, perdu, sans confiance en lui, et sûr de sa propre perdition. Puis il avait rencontré Jelkim. C'était à son tour de jouer ce rôle pour quelqu'un. Il ferma les yeux. Ce n'était pas si mal d'avoir un petit frère...

IV — L'ALLIÉ

*

L'heuristique fonctionne particulièrement bien avec les sorciers. En leur faisant découvrir d'eux-mêmes des sorts, ils les comprendront avec une exactitude qu'aucun mage ne pourra jamais espérer. De plus, cela leur ouvre des chemins d'exploration pour créer leurs propres sorts, et ainsi peupler leurs grimoires ou leurs parchemins. Une façon de les amener à réaliser un sort par eux-mêmes est de leur restreindre l'accès à l'enseignement. Sans professeur pour les guider, mais avec une direction générale, par exemple un parchemin de sort, le sorcier devra puiser dans ses propres ressources pour s'approprier le sortilège.

Thaumaturgie, Mages et Sorciers, Bilgorn Ferroy

*

— Chef ! On a un problème !
— Calme-toi, Kram. Qu'est-ce qu'il se passe ?
— Un groupe a saccagé l'Aigle Brûlé !
— Quoi ?

Le sang monta d'un coup à la tête de Deistraz. L'instant d'après, il était en route vers la taverne, accompagné de Kram et de Zok. Quelqu'un avait osé s'en prendre à l'auberge dont on savait qu'il était le protecteur. Il était hors de lui. S'il mettait la main sur ceux qui avaient fait ça... Non, quand il mettrait la main sur eux, ils paieraient cher.

Lorsqu'ils arrivèrent, le Kemnite constata l'étendue des dégâts. Les fenêtres étaient brisées, les tables retournées, souvent fendues. Des verres et des bouteilles avaient été jetés au sol. Une odeur de mélange d'alcool embaumait la pièce. Quant à Loistr, elle était péniblement adossée au comptoir, couverte d'ecchymoses. Elle fumait la pipe comme si de rien n'était, mais des traces de larmes striaient son visage, et son nez était en piteux état.

— Loistr ! Rien de cassé ? demanda Deistraz.
— Rien de plus que ma petite gueule... Par contre... mon commerce est foutu. Ils m'ont tout pris, ces fils de chiens.

— Ne t'en fais pas pour ça. Je paierai les réparations et l'approvisionnement. C'est de ma faute, c'est un message qui m'est destiné. La question, maintenant, c'est qui l'a fait passer ?

— Des hommes de Gora... et trois gardes. Ils étaient dix en tout.

Il lui donna une douzaine de pièces d'or, en attendant qu'elle estime les travaux de réparation, et dit à Kram d'assigner dix hommes à la protection de l'auberge. Il se tourna vers Zok, dont la mine inquiète ne fit qu'accroître la colère de Deistraz.

— Ne t'en fais pas, mon frère. On va le venger. Suis-moi.

Il retourna à l'entrepôt où il signa une missive pour Silkar. Le capitaine de la garde allait devoir s'expliquer.

*

— Tu essaies de me doubler ? demanda-t-il de but en blanc.

— Bien sûr que non, fit Silkar en s'affaissant sur sa

chaise. Faire double jeu serait beaucoup trop dangereux. Je suis peut-être cupide, mais pas au point de mettre ma vie en danger.

— Alors, explique-moi, comment trois de tes hommes se retrouvent-ils à saccager mon auberge préférée, accompagnés par les chiens de Gora ?

— Je vais mener mon enquête.

— Tu vas faire mieux que ça. Tu vas trouver qui ils sont et me donner leur nom. Je prendrai leur tête moi-même.

Zok avait emporté un parchemin et écoutait la conversation d'une oreille à demi attentive. Deistraz, les mains posées sur la table, tentait tant bien que mal de garder son calme.

— Ce n'est pas ce dont nous avions convenu, grommela le capitaine.

— Nous n'avions pas convenu que tes hommes s'allieraient avec mes ennemis, reprit le Kemnite. Pour ce qui est de Gora, tu le trouveras au Palais des Plaisirs, près des quais. Il demande toujours Leisaha.

Pour quelques pièces d'or, la tenancière te laissera les interrompre. Assure-toi qu'il pourrisse dans un sale trou jusqu'à ce qu'il se fasse pendre, ou mieux, fais-le tuer sur place. Et prévois des hommes. Ce salaud sait s'entourer.

— Très bien, soupira le vieil homme.
— Silkar... Tu es des nôtres, pas vrai ?
— Oui... Je ne sais pas si la décision était bonne, mais c'est le choix que j'ai fait, et je m'y tiendrai.
— Parfait. Tiens, voici ta part sur la dernière opération. Soixante-quinze pièces d'or. Félicitations. Ta première paie te rend plus riche que n'importe quel soldat de ce pays. Allons-y, Zok. Pas de temps à perdre.

Ils sortirent de l'auberge où ils s'étaient donné rendez-vous, et, s'éloignant de la haute-ville, ils retournèrent dans leur élément. Alors que les murs autour d'eux reprenaient une teinte sale, Zok demanda :

— Tu vas vraiment tuer tous ces gens ?
— Ça te fait peur ?

— Un peu... Je n'ai jamais tué personne, et je ne sais pas si j'en serais capable, alors... Je ne sais pas si c'est la bonne chose à faire... Comment peut-on accepter cette violence ?

— C'est la seule possibilité si on veut être respecté. Et on a besoin de ce respect pour continuer de faire grossir nos rangs.

— Alors, pourquoi ne pas recruter ce Gora ?

— Parce que c'est une brute qui ne pense qu'à son propre petit commerce. Il fait la même chose que nous, mais sans autre objectif que de s'enrichir. Il paie ses hommes comme il paierait des mercenaires, et il gagne leur fidélité par la peur, parce qu'il est fort. Mais c'est tout ce qu'il a pour lui. Moi, j'ai un projet, une vision pour le futur. Il n'en fait pas partie.

— Et moi j'en fais partie ?

— Bien sûr, mon frère. Tu y as un rôle important à jouer.

— C'est pour ça que tu m'appelles ton frère...

— Entre autres, oui. Parce que j'ai besoin de toi. Et on

ne peut compter sur personne plus que sur sa famille. Mais je veux que ce soit réciproque. Je veux que tu puisses compter sur moi.

— Merci Deistraz... Le simple fait de me recueillir est déjà beaucoup...

— Ce n'est pas suffisant. Je veux que toi aussi, tu me considères comme ton frère. Ça prendra le temps qu'il faudra, mais je m'en montrerai digne. En attendant, tu es déjà le mien.

Zok détourna le regard. Il semblait réfléchir. Que se passait-il dans sa tête ? Deistraz l'ignorait. Tout ce qu'il espérait, c'était qu'il ait touché la sensibilité de celui qu'il appelait son frère. Ce n'était pas qu'il essayait de le manipuler. Non, avec lui, il parlait à cœur ouvert. Tout ce qu'il lui disait, il le pensait. Et avec un peu de chance, cela suffirait à le convaincre.

*

Deistraz fut tiré de son sommeil par un bruit sec, une sorte de détonation violente qui venait de son bureau. Il manqua de tomber de son hamac tant le son avait été violent, et d'ailleurs, plusieurs de ses hommes dégringolèrent sous l'effet de la surprise. Le son fut suivi d'un cri que Deistraz ne comprit pas, mais qu'il associa à la voix de Zok. Quelque chose se passait et ce n'était pas normal. Une odeur de soufre envahissait l'entrepôt, ajoutant aux doutes du Kemnite. Il se rua dans le bureau et fut sidéré du spectacle.

Zok, un gigantesque sourire aux lèvres, avait les mains qui fumaient, et la caisse de bois qui traînait dans le coin était réduite en miettes. Le garçon se frotta les mains et se tourna vers Deistraz.

— J'ai réussi ! annonça-t-il fièrement. J'ai maîtrisé ce sort ! Je comprends comment il fonctionne !
— Tu... Tu as détruit cette caisse avec ta magie ?
— Oui !
— Je savais que tu y arriverais ! Bien joué, mon frère !

Derrière lui se massaient ses hommes, et leur réaction ne se fit pas attendre. Ils remplirent la salle comme un torrent, et soulevèrent Zok du sol pour l'emmener fêter ça. Mais l'euphorie générale n'était rien face à ce que ressentait Deistraz. Ce pas en avant était gigantesque. Car ce sort n'était pas n'importe quel sort. Avec lui, Zok avait de quoi devenir un tueur. Restait à le lui faire réaliser. Mais chaque chose en son temps, se dit-il. L'heure n'était pas au meurtre, mais à la fête. Il accompagna la joyeuse troupe et paya plusieurs tournées.

Ce n'est que lorsqu'ils rentrèrent, tard dans la nuit, que Zok dit à Deistraz :

— Tu n'as plus besoin de me protéger maintenant ! C'est moi qui vais te protéger !

— Méfie-toi tout de même. Un thaumaturge n'est pas immortel... enfin, à moins que tu m'aies caché ce don ?

— Non, je ne t'ai rien caché de mes pouvoirs, c'est promis... Mais je suis fort maintenant !

— Ça, c'est sûr ! Avec un pouvoir pareil, mieux vaut être de tes amis que de tes ennemis !

— Tu penses qu'on peut toujours me faire du mal ?

— Je pense que quelqu'un de déterminé trouvera toujours un moyen de blesser une personne.

— Alors... Disons qu'on se protège mutuellement. Comme...

— ... des frères ? proposa Deistraz.

— Comme des frères, accepta Zok en souriant.

Deistraz rendit son sourire à son frère, et l'étreignit. En vérité, il mourait d'envie de laisser une larme couler. Mais il savait que ce serait montrer à ses hommes une part de lui qu'il devait garder secrète. Il lui fallait rester dur et fort, non pour leur faire peur, mais pour leur inspirer confiance. C'était ce qu'il avait fait jusqu'alors, et cela avait marché, y compris pour Zok. Et si Zok était à présent son frère, alors plus rien ne pouvait l'arrêter.

*

La lune brillait sur les quais, offrant à Zok une vue splendide sur la mer d'huile qui s'étendait à perte de vue. À l'horizon, on apercevait un léger halo, témoin de la présence de Suzram, ville portuaire de Helbbel avec qui Kolkar entretenait un commerce régulier. Alors que Deistraz expliquait cela à son frère, Niv s'approcha d'eux. Il avait l'air déterminé d'un homme qui a une bonne nouvelle et s'apprête à passer à l'action. Il n'avait pas ouvert la bouche que le Kemnite savait de quoi il allait parler.

— Silkar nous a transmis un message. Nous avons le dernier des trois gardes !
— À la bonne heure. Réunis une petite équipe, et amène-le à l'entrepôt. Ne le blessez pas trop. Je veux tuer celui-ci moi-même.

Il hocha la tête et s'éloigna, alors que Deistraz reprenait, l'air de rien, la conversation sur la mer. Mais Zok le coupa.

— Pourquoi veux-tu le tuer toi-même ? Pourquoi ne pas laisser tes hommes le faire, comme pour les deux autres ?
— Je ne suis pas du genre à laisser les autres faire tout le sale boulot. J'ai aussi du sang sur les mains, et je veux leur montrer que je suis avec eux, que moi aussi, je tue. Sinon, ils finiront par oublier que j'en suis capable. Les humains sont comme ça, ils ont la mémoire courte. C'est ce que me disait Jelkim, celui

qui m'a recueilli quand mes parents sont morts.

— Il n'était pas humain ?

— C'était un elfe, expliqua Deistraz. Il n'aimait pas trop les humains. Mais il m'a quand même aidé. Il m'a dit qu'il ne fallait pas faire retomber sur les cadets les fautes des aînés, ou quelque chose comme ça.

— C'est... sage.

— Il l'était, sage. C'était un grand elfe. Il me manque, souvent. J'aimerais qu'il puisse voir ce que je fais aujourd'hui. Il ne serait sans doute pas fier que je sois un des plus grands criminels de la région, mais... il comprendrait. Et il me soutiendrait. J'en suis sûr.

— On ne le saura jamais...

— Moi je le sais. Et c'est ce qui compte, conclut-il.

— Tu crois qu'un jour je tuerai quelqu'un ?

— L'inverse m'étonnerait. Nous ne sommes pas dans un milieu... tendre. Mais ne le fais que si tu penses que tu le dois. Une vie a une grande valeur. On ne doit pas la prendre pour rien.

— Alors pour toi le respect est un motif suffisant ?

réfléchit Zok.

— La cause que je sers est un motif suffisant. Le respect n'est qu'un moyen de servir cette cause.

— Je vois... Je vais y réfléchir. Mais j'espère ne pas avoir à tuer. Je ne crois pas être prêt.

— Prends le temps qu'il faudra. Nous en avons, du temps. Et nous nous sommes passés de pouvoirs destructeurs jusqu'à maintenant, rien ne nous empêche de continuer un peu.

Il sourit à son petit frère. Zok se tourna à nouveau vers la mer et ils restèrent ainsi pendant de longues minutes, dans un silence contemplatif. L'onde qui se fendait sous le beaupré d'un navire venait se perdre sous les planches des quais où étaient assis les deux jeunes hommes. Et en se retirant, la vague sembla emporter avec elle les doutes de Zok.

— Quand il le faudra, je serai prêt, affirma-t-il.

*

Il retira le sac qui était posé sur la tête de l'homme. Il devait avoir la trentaine, peut-être un peu plus. Une barbe mal entretenue ceignait un cou épais, et des yeux injectés de sang exprimaient une colère noire, assourdie par le bâillon qui entravait sa mâchoire. Deistraz observait le soldat avec une once de mépris. Il fit un geste, et on retira le bâillon. Aussitôt, le garde lâcha les insultes les plus sales que le Kemnite ait entendues, malgré le temps passé à côtoyer des marins. Il haussa un sourcil amusé.

— Tu as fini ? demanda-t-il quand le souffle commença à manquer à l'homme. Je comprends que tu veuilles te défouler avant de mourir, mais feu ma mère n'avait rien demandé.

Il y eut un rire général. Le Kemnite sortit doucement l'épée de Niv de son fourreau, et la posa devant le prisonnier. Les rires cessèrent et, sur un geste de la part de Deistraz, on défit les liens du soldat.

— Affronte-moi, plutôt que de m'injurier. Montre-moi que tu es plus fort que moi. Soumets-moi, tue-moi. Ou tout du moins, essaie. Si tu n'y arrives pas... Tu apprendras ce qu'il en coûte de s'allier à mon ennemi.

L'homme se saisit de l'épée et se mit en garde. Sa posture était très académique. Il devait avoir l'habitude des duels et des entraînements, mais de toute évidence, il ne s'était jamais battu pour tuer. Tant pis pour lui, décida le Kemnite avant de lever sa lame à son tour. Le soldat feinta un estoc à la jambe pour tenter une touche au buste, mais Deistraz ne se laissa pas avoir, et en un mouvement, il plantait son épée dans l'épaule gauche de sa victime.

— Encore ! appela-t-il, alors que son adversaire se remettait en garde.

L'épée du soldat fila vers le visage du Kemnite, mais au lieu de reculer pour esquiver, celui-ci para en s'avançant. Il enfonça son genou dans le plexus solaire de son adversaire.

— Encore !

Il releva la tête et se rua vers Deistraz en hurlant. Ce dernier s'écarta de son passage et lui fit un croc-en-jambe. Il s'effondra et se releva difficilement, son visage couvert de larmes de frustration. Les hommes du Kemnite criaient autour du combat. Deistraz attendit que le soldat reprît son souffle.

— Alors, c'est tout ce que t'as dans le ventre ? Et tu pensais pouvoir insulter le Kemnite ? Tu ne vaux pas un clou. As-tu une dernière parole ?
— Pas plus que ta chienne de mère !
— Alors adieu.

D'un geste que le garde n'arriva pas à parer, il perça sa gorge. Très vite, une mare de sang entoura le cadavre chaud de sa victime. Il ramassa l'épée de Niv et la lui rendit en le remerciant. Puis il ordonna à Kram et Geltiv de se débarrasser du corps. Il croisa le regard de Zok et celui-ci lui fit un signe de tête. Deistraz le lui rendit et se dirigea vers son bureau. Il avait fait ce qu'il avait à faire, et quand bien même ce n'était pas la première personne qu'il tuait, il avait du mal à s'y habituer. Une fois la porte du bureau fermée, il s'y adossa et prit le temps de respirer pour chasser la nausée.

Après quelques minutes, quelqu'un frappa à la porte. Il ouvrit, et Zok entra. Il referma derrière lui et le jeune homme demanda à son grand frère :

— Tout va bien ?

— C'est toujours un peu compliqué. Mais ça va, ce n'est ni la première ni la dernière fois que j'exécute quelqu'un.

— Tu sais que je ne te trouverais pas faible si tu ne vas pas bien ? Je veux seulement pouvoir aider mon frère...

— Ne t'en fais pas, dit-il en souriant. Mais, merci. Ça me touche.

— C'est normal... Après tout, comme tu l'as dit, on ne peut compter sur personne plus que sur sa famille !

V — Attaque

*

L'argent est un moyen efficace, mais qui a ses limites. Le risque est que quelqu'un de plus riche que vous soit disposé à dépenser ce que vous ne pouvez vous permettre pour acheter la fidélité de vos hommes. Aussi, s'appuyer sur l'argent peut fonctionner à court terme, mais pour de plus longues durées, il faut s'assurer que la loyauté des hommes s'appuie sur d'autres facteurs. Cependant, le pouvoir de l'argent ne doit pas être ignoré, car aussi forts que soient les autres facteurs de loyauté, l'argent sera toujours un poids sur lequel un ennemi pourra appuyer.

Gagner, Dimi Toraz

*

Kram détourna le regard, avec l'air embarrassé d'un homme qui n'ose pas avouer ses sentiments à la personne qu'il aime. Deistraz eut un geste d'impatience.

— Crache le morceau, bon sang !

— C'est Zok... J'ai vu le titre du parchemin qu'il étudie et... C'est dangereux, chef.
— C'est un thaumaturge. Je veux qu'il soit dangereux.
— Vous ne comprenez pas... C'est un sort de contrôle mental ! Il pourrait le retourner contre vous sans même que vous vous en rendiez compte !
— Tu t'y connais en magie, Kram ?
— Pas du tout...
— Alors tu n'en sais rien. C'est d'ailleurs probablement ce qui te fait peur.
— Mais...
— Je comprends. Je vais discuter avec lui, m'assurer qu'il ne nous causera pas de soucis. Mais... ne compte pas sur moi pour lui dire de lâcher ce sort. J'ai confiance en lui, autant qu'en toi, peut-être même plus. Et pourtant, Bheldhéis sait que je te fais confiance, Kram. Tu es probablement mon homme le plus fidèle. Et tu me le prouves encore en me rapportant cette inquiétude. Mais Zok... C'est le meilleur allié dont on puisse rêver. Imagine ce que

nous pourrons faire si nous disposons d'un sort de contrôle mental ! Nous pourrions entrer en force dans le palais sans la moindre résistance !

— Je dois dire que ça me paraît optimiste. Mais soit, je conçois que ce serait un avantage indéniable. Si vous lui faites confiance, je lui fais confiance aussi. Et je tâcherai de faire en sorte que les autres fassent de même.

— Merci, Kram.

Ils se serrèrent le poignet, et se séparèrent. L'entrepôt était plein d'une nouvelle cargaison dérobée avant qu'elle ne soit embarquée dans la caravelle du duc de Brolst. À une douzaine de pas de là, Niv et Rekso étaient en pleine ouverture des caisses, dans le but d'en découvrir le contenu. Deistraz, qui était, à l'origine, venu pour aider à la tâche, armé du manifeste de chargement du navire, reprit sa marche vers eux et cocha avec ses hommes un certain nombre de lignes. Mais vint une irrégularité. Une caisse, supposée contenir des encens de Gem'kalez, entourait en fait un paquet ovale, recouvert de paille, ce qui supposait une certaine fragilité. Une fois l'objet sorti de sa bourre et mis à nu, Deistraz ouvrit grand la bouche tant il était surpris.

— C'est un œuf de troll ? demanda Rekso.

— Les œufs de troll et des autres créatures trolléennes sont interdits ici ! renchérit Niv.

— Ce n'est pas un œuf de troll. J'en ai vu quand j'étais enfant. Les œufs de troll sont veinés de noir. Non... c'est un œuf de dragon.

Les deux hommes de main se tournèrent l'un vers l'autre, incrédules. Et pour cause, aucun d'entre eux n'avait vu de dragon de leur vivant. On racontait qu'il en existait un au nord de Laimin, de l'autre côté du monde, mais c'était probablement une légende. On n'en avait plus vu en Sonne ou en Kemn depuis au moins un siècle. Cet œuf était donc probablement encore plus vieux. Dans tous les cas, c'était un objet de contrebande. La loi était claire, on ne pouvait vendre quoi que ce soit qui ait une conscience au moins trolléenne. L'esclavage représentait la seule exception, et faisait l'objet d'un nombre de lois spécifiques inimaginable pour qui n'étudiait pas le droit. Les dragons étant considérés comme plus intelligents encore que les humains, la règle s'appliquait. Dès lors, vendre un œuf de dragon était un crime grave. Et quand bien même ça n'en fût pas un, l'idée qu'un dragon sache qu'il l'avait vendu suffisait à Deistraz pour ne pas avoir envie de jouer à ce jeu, et ce même pour un prix important.

Il expliqua le problème à ses hommes et leur ordonna de remettre l'œuf dans la caisse, ce qu'ils firent sans rechigner. Deistraz réfléchit à la meilleure chose à faire. Quelles étaient ses options ? Rendre l'œuf à son propriétaire d'origine ? Ça ne lui plaisait pas. En fait, rendre à qui que ce fût ce qu'il avait volé le dérangeait. Son rôle était de voler, non de rendre. Le détruire, alors ? Si un dragon était en vie et apprenait son geste... Il préférait ne pas y penser. Le garder et attendre qu'il éclose ? Il n'avait aucune idée du temps qui pourrait s'écouler avant que cela ne se produise. Et si cela arrivait, comment gérerait-il un dragonneau ? Il y avait trop d'inconnues. Puis lui vint une idée... Décidément, Silkar serait encore d'une grande aide...

*

La nouvelle était si improbable que Silkar ne la prit pas au sérieux. Il éclata d'un rire incrédule et sembla attendre de Deistraz quelque chose qui ne vint pas. Le Kemnite regardait son associé d'un air agacé. Il s'impatientait, et l'attitude du capitaine lui déplaisait.

— Allez, quoi, un œuf de dragon, je ne suis pas né de la dernière pluie !

— Je suis tout à fait sérieux.

Le regard de Silkar passa de l'incrédulité à l'incompréhension.

— Mais les dragons... ça n'existe plus depuis des années !

— Et tu sais combien de temps peut mettre un œuf de dragon à éclore ?

— Non ?

— Moi non plus. Ce que je sais, c'est que c'est un œuf

de la même taille qu'un œuf de troll, mais qui n'est pas un œuf de troll. À ton avis, ça peut être quoi ?
— Un œuf de dragon, murmura-t-il après une pause. C'est grave. Et si un duc est impliqué... ce pourrait être un énorme scandale.
— C'est précisément pour ça que je viens te voir. J'ai besoin que tu fasses perquisitionner le bateau du duc de Brolst, le Rascasse, et ce dès demain. Cette nuit, la caisse y sera remise par mes hommes. J'ai fait en sorte qu'ils remplacent les matelots pour la nuit. Nous serons en sous-nombre à l'entrepôt, mais le jeu en vaut la chandelle.
— Je ne comprends pas... Qu'est-ce que vous y gagnez ?
— Si le duc est suspecté de contrebande, cette affaire occupera la cour un moment. Au mieux, le fils du duc reprendra son titre, mais il sera nettement plus... faible. Dans tous les cas, c'est un affaiblissement politique important. En plus de ça, je te fais gagner en réputation. Et ce que tu gagnes, je le gagne

indirectement. Le seul criminel à échapper au fameux Silkar, Silkar qui traque jusqu'aux ducs qui se croient au-dessus de la loi. Tu es une étoile montante de la justice, et moi du crime. Nous sommes deux faces d'une même pièce, et l'enquête sur le duc ajoute de la valeur à cette pièce.

— Je vois… Vous avez l'esprit tordu, mais je crois que je comprends.

— Si ça te permet de faire ce que tu as à faire, ça me suffit.

— Je le ferai, dès demain à la première heure. Suite au signalement d'un honnête citoyen anonyme.

— Parfait.

D'un geste, il salua le capitaine et sortit de l'auberge. La nuit commençait à peine à tomber. Il se rendit directement à l'entrepôt où il était attendu par Zok, Kram et Geltiv. Les autres devaient déjà être sur le pont du Rascasse, en train d'écouter les ordres concernant la sécurité du vaisseau. Kram et Geltiv jouaient aux cartes dans un coin alors que Zok était debout, fixant la caisse de l'œuf de dragon. Il semblait ailleurs, absorbé par Bheldhéis savait quelles pensées. Deistraz s'approcha, mais le sorcier ne réagit pas. Il l'appela, et remarqua alors une lueur étrange dans le regard de son frère. Il posa la main sur son épaule, et le secoua légèrement pour le sortir de sa transe. Le petit frère cligna des yeux, comme s'il venait de se réveiller.

— Que s'est-il passé ? demanda Zok.
— À toi de me le dire ? Tu semblais... captivé par cette caisse.
— Oh... C'est que... Il y a une forte magie qui en émane. C'est grisant. Tu ne la ressens pas ?
— Peut-être ne suis-je pas capable de la reconnaître, avoua-t-il. Je le croyais, mais il semble que je me sois trompé.
— Ce n'est pas grave... Je vais retourner étudier.

Ils se dirigèrent vers le bureau, où une deuxième place avait été aménagée pour que Deistraz et Zok puissent vaquer à leurs occupations en même temps. Le Kemnite ouvrit le livre de comptes pour vérifier les derniers chiffres, puis releva les yeux vers son frère, qui avait le regard braqué sur un parchemin.

— D'ailleurs, concernant ton prochain sortilège, tu y arrives ? demanda-t-il doucement.

— Je crois... Ce sort est complexe, mais il me semble... bizarre.

— C'est un sort de contrôle mental, c'est ça ?

— De suggestion, plutôt. Il insère une idée dans l'esprit de quelqu'un. Mais quelque chose me dit qu'avec un peu de créativité, il pourrait faire mieux que ça.

— C'est-à-dire ?

— Imaginons que je suggère une idée à quelqu'un. Je pourrais faire en sorte que cette idée soit entêtante. Elle pourrait déconcentrer ma victime. Ou alors... la rendre folle.

— Et... comment testes-tu cela ?

— Pour le moment, je ne teste pas, je me contente de comprendre. Mais j'irai essayer de m'en servir dans une auberge un de ces jours.

— Tu ne prévois pas de l'utiliser contre un de mes hommes, hein ?

— Non, bien sûr que non ! Pourquoi ?

— Disons que certains ont un peu peur que tu te serves de tes pouvoirs contre nous. Mais moi je te fais confiance. J'avais juste promis de t'en parler.

— Alors, qu'ils soient rassurés. Je réserve ça pour nos ennem...

Deistraz posa le doigt sur ses lèvres pour lui intimer de se taire. Il avait entendu un bruit bizarre. Il sortit du bureau et fronça les sourcils alors qu'il parcourait l'entrepôt du regard. Geltiv et Kram semblaient n'avoir rien remarqué. Mais il était certain d'avoir entendu un bruit de pas. Ce n'était pas grand-chose, mais c'était trop discret pour ne pas alerter le Kemnite. Il saisit son épée et s'avança au milieu des caisses. Soudain, il perçut une ombre qui se déplaçait entre les différents objets. Il fit un bond en avant pour surprendre celui qu'il avait entrevu, mais au lieu d'attaquer, devant le spectacle, il appela ses hommes.

— À moi, Kram ! Ils en ont après l'œuf !

En un instant, deux hommes étaient sur lui. Avec toute l'agilité dont il était capable, il esquiva les assauts et ouvrit une estafilade sur la joue de l'un de ses agresseurs. Cela ne suffit cependant pas à arrêter ce dernier. Les deux bretteurs étaient doués. Moins que Deistraz, mais doués tout de même. Or, ils étaient deux, et cet avantage numérique suffisait à empêcher le Kemnite de prendre le dessus. Kram rejoignit le combat rapidement, et Geltiv, toujours blessé, arriva peu après.

Le groupe d'assaillants s'agrandit aussi, et l'un d'eux, jusqu'alors discret, fit un pas rapide pour passer derrière Deistraz. Ce dernier le vit faire, mais, trop occupé à parer un autre coup, ne put se retourner et perdit son adversaire de vue. Zok hurla quelque chose, et alors que la lame froide d'un poignard effleurait son dos, Deistraz entendit une détonation. Il réussit à repousser un assaut et se repositionna, sans comprendre pourquoi il n'était pas blessé. Le combat cessa pendant plusieurs secondes, car tous étaient sidérés par le spectacle. Celui qui était passé derrière avait le torse ouvert, et ses poumons et son cœur étaient répandus sur le sol. Ses yeux étaient révulsés, il était mort sur le coup.

Tout le monde se reprit, et les assaillants battirent en retraite, non sans perdre deux de leurs membres. Le Kemnite, essoufflé, s'appuya sur une caisse pour reprendre sa respiration. Kram et Geltiv firent de même, alors que Zok contemplait son œuvre.

— Zok ? Ça va aller ?
— Je crois, oui... Je... ne réalise pas vraiment que j'ai... tué quelqu'un...
— En tout cas, merci. Je te dois la vie.
— C'est à toi que je dois ce pouvoir alors... il n'y a pas de quoi.

Deistraz s'approcha de son frère pour poser une main sur son épaule. Le sorcier sourit, et se tourna vers le résultat de son maléfice. Il avait l'air de le prendre plutôt bien, se dit le Kemnite. Il lui faudrait un peu de temps pour digérer ce premier meurtre, mais ce ne serait pas une si grande épreuve que ce qu'il avait redouté. En attendant, il restait un problème à régler.

— Kram, aide-moi à porter la caisse. Amenons cet œuf, et... trouvons comment le secret a été ébruité.

*

Rekso baissait les yeux. Le Kemnite, furieux, le fixait d'un regard bouillonnant. C'était donc lui, la source du problème ? Ce petit gars un peu benêt, mais débrouillard ? Lui qui avait rejoint le groupe alors qu'il n'était composé que de dix hommes, plusieurs mois auparavant ? Des presque trente-cinq qu'ils étaient à présent, il fallait que ce soit lui ? Il n'en revenait pas. Il prit une seconde pour maîtriser sa voix et, le ton grave, il dit :

— Comment ça, tu as peut-être vendu la mèche ? Qu'est-ce que ça veut dire ?
— Bah... J'ai un peu trop bu, et... On jouait aux dés, et puis y'avait ce type de la bande à Rocka, qui fanfaronnait en disant que son patron avait dégotté le

poignard le plus rare de Sonne. Alors moi, vous comprenez, je voulais pas le laisser croire que Rocka était meilleur que vous, alors...

— Alors quoi ? Tu lui as dit qu'on avait un œuf de dragon ?

— Oui... dit-il après une hésitation. Sur le coup, j'ai pas eu l'impression de faire une gaffe, c'est après que je me suis rendu compte que c'était pas une bonne idée...

— Et tu ne t'es pas dit que m'en parler, ce serait une bonne idée ?

— Je voulais pas vous inquiéter pour rien...

— J'ai failli mourir, par Bheldhéis ! Si mon frère n'avait pas été là, vous m'auriez retrouvé demain, froid comme une pierre !

Il prit une inspiration pour se calmer, et reprit, après un instant :

— Tu as de la chance que je ne sois pas Gora. Tu n'aurais déjà plus de tête. Souviens-toi de ce jour comme le jour où je t'ai gardé à mes côtés malgré ta trahison. Tu m'as bien entendu. Tu restes un de mes hommes. Mais dorénavant, j'escompte que tu sois l'homme le plus dévoué, et le plus déterminé de ce groupe. Je veux que les nouveaux te voient comme un modèle. Que personne ne puisse même imaginer qu'un jour tu as fait cette… erreur. Et si tu faillis à cela… tu perdras tout. Quant à toi, Niv… Je suis à peu près certain que tu étais avec lui quand ça s'est passé. Aussi, j'attends la même chose de ta part. Quoi qu'il arrive, le même sort vous attend. Alors… Tirez-vous vers le haut, et faites en sorte que je n'aie pas à me répéter.

Les deux hommes hochèrent la tête pour signifier qu'ils avaient compris. Deistraz descendit du bateau, suivi de son équipe. Le navire, laissé désert, serait surveillé de loin, pour éviter que les hommes de Rocka ne tentassent quoi que ce fût. Mais lorsqu'au lever du soleil, la garde arriverait, il fallait que tout le monde fût parti. Et c'est ainsi que les choses se déroulèrent. Le Kemnite fit mine de se promener sur les quais le matin, afin de constater la réussite de l'opération : les gardes qui grimpaient, un à un, sur le pont, les cris qui venaient de la cale où la caisse avait été déposée, le capitaine qui, de retour de son auberge, se faisait emmener pour être questionné. Tout se passait comme prévu. Silkar avait beau avoir des réserves sur les méthodes de Deistraz, il se montrait efficace. Et tant mieux, car il n'avait pas fini de rendre des services. En effet, le prochain sur la liste de ceux dont il fallait s'occuper était Rocka. Et si les dieux le voulaient, cela se ferait rapidement.

VI — Contrôle

*

Je ne l'ai jamais apprécié. Pourtant, depuis le jour de notre rencontre, j'ai admiré quelque chose en lui. Il avait cette énergie, ce regard qu'ont les grands dirigeants. Et il le savait. Oh, oui, il le savait. Il en jouait, même. Et cela marchait. On le suivait. Même moi. On était comme subjugués par sa prestance et la confiance en lui qu'il montrait. Il savait où il allait, et on savait qu'on ne devait pas se mettre sur son chemin. Après toutes ces années, j'en suis encore convaincu. Même si je n'avais pas été attiré par l'argent qu'il m'offrait, j'aurais fini par accepter son offre. Ce salaud était fort, trop fort, et il savait tirer le meilleur, ou le pire de nous. Comment alors s'étonner que la population soit derrière lui ?

Journal intime du capitaine Silkar

*

L'été arrivait lentement sur Sonne, et un soleil de plomb chauffait les bas quartiers comme un four à pain. L'Aigle Brûlé, relancé depuis quelques semaines, avait aménagé une petite terrasse dans la rue pour que ceux qui le souhaitaient puissent profiter de la lumière. Zok et Deistraz étaient de ceux-là. Cela faisait près de deux semaines depuis l'incident de l'œuf de dragon. Comme prévu, il y avait eu un scandale politique. Le duc de Brolst avait été emprisonné et son fils de quatorze ans avait pris sa place, aidé par l'ancienne duchesse. Et le roi Mezzar l'avait fait venir pour être sûr qu'il ne suive pas la même voie que son père. C'était du moins ce que les rumeurs disaient. Cependant, aux yeux de Deistraz, les rumeurs, même lorsqu'elles se révélaient inexactes, avaient souvent un fond de vérité.

Mais ce jour-là, sur la terrasse de l'Aigle Brûlé, ce n'était pas du nouveau duc de Brolst dont on discutait. Le sujet était d'une importance bien plus immédiate.

— Tu veux en parler ? demanda le Kemnite.
— Ce n'est rien, se ferma le garçon. Rien qu'un cauchemar.
— Un sacré cauchemar... Tu as réveillé tous nos hommes...

— C'est bon... Ça n'aurait jamais dû arriver. Je m'excuse.

— Ce n'est pas le problème. Personne ne t'en veut. Mais j'ai besoin de savoir ce qu'il se passe dans ta tête pour pouvoir t'aider.

— Tu vas me croire faible...

— Jamais de la vie. Tu es tout sauf faible. Mais tu as le droit d'avoir des moments plus difficiles que d'autres. Allez, raconte-moi...

— Très bien... fit-il après une hésitation. Il y a mon père... Il est allongé sur son lit et il m'appelle. Et quand je m'approche... je le tue... avec ma magie...

— Tu as raison, répondit Deistraz, ce n'est qu'un cauchemar. Tu n'as pas pu faire ça à ton père. Ce brigand n'était pas ton père.

— Je sais, c'est... stupide... Je ne sais pas pourquoi j'ai fait ce cauchemar...

— Ce n'est probablement pas si grave. Mais si ça revient... Dis-le-moi, d'accord ? N'essaie pas de garder pour toi ce genre de choses. Je suis ton frère, je suis là pour toi.

Zok hocha la tête. Satisfait, Deistraz se leva pour aller chercher deux bières. Lorsqu'il revint, le garçon semblait fixer le vide, perdu dans ses pensées. Il l'appela, et Zok sursauta.

— Désolé, dit-il, j'étais concentré.
— Concentré ?
— Regarde, tu vois ce type avec la tunique blanche là-bas ?
— Celui qui se gratte la tête ?
— Exactement. Tu ne trouves pas qu'il se gratte beaucoup ?
— J'imagine qu'il doit avoir des poux.
— C'est probablement ce qu'il imagine aussi. Mais dans les faits, c'est moi qui le fais se gratter comme ça.
— Tu as réussi à maîtriser ton sortilège de suggestion ?
— On dirait bien. Mais je pense pouvoir faire mieux que ça. Il me faudrait... une cible. Quelqu'un dont tu

souhaiterais qu'il ne nous cause plus de problèmes...

— Intéressant... J'ai peut-être une idée d'une personne à te présenter.

*

— Allez, Silkar, je suis sûr que tu as assez d'influence pour ça.

— Techniquement, oui, mais le risque est gros. Personne n'est censé le voir jusqu'à son jugement !

— Et qui pourrait vendre la mèche ?

— Il y a ce soldat, Hensk, qui est chargé de surveiller les entrées et sorties. Il alterne avec Komol, qui est un peu moins à cheval sur les procédures, mais tout aussi bavard...

— Lequel doit s'en occuper ce soir ?

— Hensk.

— Alors, envoie-le autre part. Dis-lui qu'il est remplacé pour la nuit, donne-lui une permission. Confie la tâche à un de mes hommes à la place.

— S'il arrive quelque chose à Rocka, ça risque de retomber sur celui qui sera en poste.

— Il ne lui arrivera rien, coupa Zok, intervenant pour la première fois dans une conversation entre Silkar et Deistraz. Pas pendant ce tour de garde en tout cas.
— Vraiment ?
— Vraiment, affirma le Kemnite. Si Zok te le dit, tu peux lui faire confiance.
— D'accord. Alors, faisons ça. Je vais rédiger l'ordre pour votre homme. Donnez-le à celui que vous voulez, je ne veux pas savoir qui.
— Parfait. Merci, Silkar.

*

Ils pénétrèrent dans les geôles en passant devant Niv, qui leur offrit une révérence pour les inviter à entrer. Zok rendit le salut avec un sourire pincé. Silkar leur avait indiqué la troisième cellule sur la droite, aussi Deistraz marcha d'un pas rapide vers l'endroit. Il vit à peine les autres cachots, mais remarqua que Zok y était plus attentif. Il lui fit un signe du doigt pour lui indiquer où était Rocka. Ce dernier était étendu sur une planche qui lui servait de couchette, les yeux fermés. Dans sa prison, le grand criminel n'inspirait plus que la pitié. Deistraz savait de lui qu'il était fruste et vicieux, mais le voir emmitouflé dans une couverture à peine plus épaisse qu'un foulard dans cet endroit humide et froid lui faisait un peu de peine. Mais il ne se laissa pas avoir par ces sentiments qui allaient à l'encontre de ses idées. Avoir pitié de cet homme, c'était avoir pitié d'un de ses ennemis. Et la miséricorde n'était pas une caractéristique du Kemnite. La mansuétude, oui, mais pas la miséricorde.

Zok s'approcha et fixa sa cible. Deistraz posa la main sur l'épaule de son frère pour l'encourager, et ce qu'il ressentit alors lui fit comprendre la puissance qui habitait son sorcier. C'était donc cela, la magie... Un implacable torrent de volonté le traversa, mais fut stoppé net par son possesseur. Zok repoussa doucement la main de son grand frère et sourit.

— C'est dangereux, murmura-t-il simplement avant de se remettre à la tâche.

Le Kemnite observa son sorcier. Rocka ne fit pas un mouvement, endormi sur sa couche de fortune. Et au bout de longues secondes, Zok soupira.

— C'est fait, annonça-t-il d'une voix discrète. Sortons de ce trou à rats, j'ai froid...

Ils s'extirpèrent des geôles et se dirigèrent vers l'entrepôt. Deistraz était un peu perdu. La sensation qui l'avait frappé n'avait rien à voir avec ce qu'il avait imaginé que la thaumaturgie pût être. Mais cette fois-ci, le doute n'était pas permis. C'était cela, la magie. Et c'était une sensation qui ne lui plaisait guère. Il y trouvait un sentiment d'incontrôlable, quelque chose qui le dépassait sans qu'il pût l'expliquer. Pourtant, son frère semblait contrôler cette énergie, et ce avec talent. Il conclut qu'il avait bien fait de trouver Zok, car lui n'était décidément pas fait pour être thaumaturge. Mais une question subsistait néanmoins.

— Que lui as-tu... suggéré ?
— J'ai fait en sorte qu'à son prochain petit déjeuner, il soit obsédé par l'idée de mourir.

— Comment ça, à son prochain petit déjeuner ?

— J'ai compris comment utiliser un déclencheur, comment utiliser un événement spécifique pour commencer la suggestion. Lorsqu'il aura un petit déjeuner, il va se mettre à penser, encore et encore, à mourir. Cette idée va l'obséder, jusqu'à ce qu'il trouve un moyen de mettre fin à ses jours.

Deistraz était impressionné. Ce pouvoir semblait être effectivement très dangereux, comme Kram l'avait évoqué. Mais heureusement, Zok était de son côté. Il n'avait rien à craindre de lui. Il était son frère. Cependant, une chose l'étonnait encore. Il n'avait tué qu'une fois, et pourtant, il avait été prompt à utiliser ses pouvoirs pour tuer à nouveau. N'était-il pas, même un peu, bouleversé par le meurtre ? C'était déconcertant. Pourtant, il tut ses interrogations. Après tout, c'était aussi l'objectif qu'il cherchait à atteindre : avoir un sorcier capable de tuer pour lui. Mais cette simple suggestion suffirait-elle ? Bheldhéis seul le savait.

— Que lui avez-vous fait ? demanda Silkar, pâle comme un linge.

— Zok lui a mis en tête l'idée de mourir. J'imagine que si tu nous as demandé de venir c'est que quelque chose s'est produit. Est-il mort ?

— Mort ? Ça oui, par Bheldhéis... De façon assez... spectaculaire.

— C'est-à-dire ?

— D'après le rapport, il devait être midi quand Komol a entendu un bruit bizarre qui venait de sa geôle. Il s'est d'abord dit qu'il essayait de creuser, mais quand il a été voir, il a trouvé Rocka avec le crâne fracassé. C'est comme si quelqu'un lui avait éclaté la tête sur un rocher... Sauf qu'a priori, personne n'était dans la cellule avec lui. Le bougre s'est fait ça tout seul. Il est mort sur le coup. Je n'imagine même pas la force qu'il faut pour s'infliger ça à soi-même...

Zok écoutait d'une oreille attentive. Il hocha la tête, mais n'eut pas d'expression que Deistraz put déchiffrer. Il dit cependant :

— Je ne pensais pas que ça marcherait aussi bien. Je pensais qu'il trouverait un moyen pour se pendre, ou quelque chose comme ça. J'imagine qu'il n'a pas eu la patience de trouver une solution plus... douce. Son esprit devait être... atrocement torturé.

Il y eut un silence. La froideur de Zok concernant cet événement semblait mettre Silkar aussi mal à l'aise que Deistraz. Les deux hommes se lancèrent un regard d'incompréhension, mais le Kemnite reprit la parole. Il ne fallait pas qu'il laissât penser qu'il doutait de son sorcier... En fait, il ne fallait pas qu'il se laissât douter de lui.

— Ce qui compte, c'est que le sort a été efficace. Ne t'en fais pas, Silkar, nous ne ferons pas ça souvent, de peur de trop attirer l'attention. Mais, merci de nous avoir prévenus.

— Il y a autre chose, dit le capitaine.

— Je t'écoute ?

— Le sort de l'œuf de dragon a été décidé. Il va être remis au Saint Culte de Bheldhéis, afin que les prêtres s'en occupent jusqu'à ce qu'il éclose.

— Et donc ?

— J'ai pensé que vous voudriez le savoir.

— Qu'est-ce que tu veux que ça me fasse ? L'important, c'est que la manœuvre ait fonctionné. Pour le reste, je m'en moque.

— D'accord, d'accord, alors au temps pour moi, se renfrogna Silkar.

— Si tu n'as rien de plus à dire, allons-nous-en. Je n'aime pas la haute-ville. Elle me donne la gerbe.

Il lâcha une bourse sur la table devant laquelle Silkar était assis, et, d'un pas pressé, sortit, immédiatement suivi de Zok. Ce dernier semblait serein, comme si l'étonnement était la seule émotion suscitée par la mort brutale de Rocka ; comme si le meurtre magique ne l'affectait pas. Pourtant, cette nuit encore, il s'était réveillé en sursaut après ce cauchemar, toujours le même, où il tuait son père avec ses pouvoirs. Il était toujours aussi réticent à en parler, mais il n'arrivait pas à se débarrasser de cette image. Qu'importe, songea

Deistraz, chacun ses démons, un temps viendrait où ce mauvais rêve disparaîtrait au profit de visions plus spectaculaires, et plus réelles, qui finiraient à leur tour par perdre en vivacité. D'autant que, d'après ce que le Kemnite constatait, Zok avait un mental de tueur. Il était une de ces personnes qui éprouvent peu d'empathie, peut-être même aucune. Était-ce de son fait ? Peu importait en réalité. Ce qui comptait, c'était qu'il avait son sorcier, et que celui-ci était prêt à tuer pour lui, y compris de façon violente.

VII — Punition

*

J'aime cette légende. C'est l'histoire de Blonde, une corneille qui a des plumes blanches. Elle est attaquée sans cesse par ses congénères à cause de cela. Un jour, elle est trouvée par Loup, un homme de la campagne, alors qu'elle est blessée et ne peut plus voler. Loup chasse les autres corneilles et soigne Blonde. Puis il lui teinte les plumes avec de l'encre, pour qu'elle passe pour une corneille noire. Il partage son repas avec elle, afin qu'elle reprenne des forces, puis il la relâche. Pendant des semaines, elle revient le voir, et il lui donne de la viande séchée ou du fromage. Et de temps en temps, il remet un peu d'encre sur ses plumes. Jusqu'à ce que Loup se fasse attaquer par d'autres hommes, désireux de ses biens. Il meurt et est laissé là, devant sa porte. Et alors que les corneilles viennent se repaître sur le cadavre frais, Blonde les imite. Elle ne sera plus jamais attaquée par les siens.

Gagner, Dimi Toraz

*

Les hommes entrèrent en silence deux par deux. Ils étaient plus d'une quarantaine à présent. La poterne, ouverte de l'intérieur, était discrète, et le garde qui y était assigné avait reçu l'ordre de Zok de ne voir personne. Aussi furtif qu'une troupe de quarante personnes pût être, ils se déployèrent ainsi que le Kemnite le leur avait ordonné. Le premier groupe de dix, dirigé par Kram, partit vers les cuisines, prêt à prendre en otage les quelques coqs ou commis qui s'y trouvaient déjà. Le deuxième, sous l'égide de Niv, s'engouffra dans la salle de garde pour y faire le ménage, suivi de près par le troisième, avec Geltiv aux commandes. Le dernier groupe, Deistraz et Zok en première ligne, remonta jusqu'aux chambres, dans l'espoir de mettre la main sur le roi lui-même.

Bien sûr, les patrouilles se rendirent compte que quelque chose clochait, et l'alerte fut sonnée, mais quelques estocades ne faisaient pas peur au Kemnite, et encore moins avec son sorcier à ses côtés. Le combat fut, cependant, rude. L'étroitesse des couloirs ne permettait pas de bouger autant qu'il l'aurait souhaité, tout du moins pas avec dix hommes autour de lui, auxquels s'ajoutaient leurs ennemis. Mais chacun se battit bravement, et les gardes passèrent au fil de l'épée des hommes de Deistraz.

Lorsqu'ils arrivèrent à la suite royale, la chambrée était à peine éveillée par les bruits alentour. Mezzar, le torse nu, était assis dans le lit, et son épouse, le drap tiré sur la poitrine pour masquer sa nudité, semblait plus en colère qu'effrayée.

— Sortez d'ici ! s'exclama le roi.
— Enchanté, Majesté, dit Deistraz. Je suis le Kemnite.
— Qu'espérez-vous ? Que je m'incline devant ce nom ? Vous êtes un criminel qui vient se jeter dans la gueule du loup !
— Et vous, vous êtes un homme mort.

Il brandit son épée, et fut projeté en arrière, contre le mur. Il eut à peine le temps de remarquer le mouvement de la reine. Elle était thaumaturge ? Il n'avait pas prévu cela... Zok cria quelque chose que le Kemnite n'entendit pas, sonné qu'il était d'avoir percuté la pierre. Il sentit un filet chaud glisser sur sa nuque et comprit après quelques secondes que c'était du sang. Il s'efforçait de se relever quand il entendit une détonation. Zok avait utilisé son sort. Mezzar devait être mort alors ! Sa vision, encore trouble, eut du mal à se réadapter à la luminosité faible des torches de ses hommes, mais lorsqu'il y arriva, le roi n'était pas mort. Sa femme, en revanche, avait lâché les draps, et sous son torse découvert, une ouverture au milieu de ses côtes laissait échapper ses organes sanguinolents.

Zok s'approcha de Deistraz pour le soutenir, mais il refusa son aide. Il devait être fort. Et surtout, Mezzar devait mourir. Derrière eux, il y eut des cris. D'après le plan, ce devait être un des deux groupes de la salle des gardes qui les rejoignait pour leur confirmer la victoire et prendre possession des lieux. C'était gagné. Le Kemnite se laissa aller à ce sentiment de victoire. Le château était à lui, les richesses du pays allaient pouvoir être redistribuées comme il l'avait toujours souhaité. Il allait enfin venger la mort de Jelkim. Il ne lui restait plus qu'une chose à faire. Il prit une longue inspiration, sourit, et dit, avec plus de difficultés qu'il ne l'aurait cru :

— Que Bheldhéis accueille votre âme, Majesté.

Mais cette fois, avant qu'il pût lever son épée, il entendit ses hommes hurler de douleur. Il se retourna et en vit six tomber, transpercés par des carreaux d'arbalète. L'instant d'après, une garnison pénétrait dans la chambre et entourait les quatre survivants. Entra aussi un thaumaturge, reconnaissable à sa robe. Il fit un geste, et Zok se mit à hurler.

— Non ! Ma magie ! Je ne la sens plus !

Les larmes lui coulèrent sur les joues. Être privé de ses sortilèges à un moment aussi critique devait être particulièrement douloureux pour lui. Deistraz réfléchit rapidement. Zok était sa seule chance. Pour le délivrer de sa malédiction, sans doute fallait-il atteindre le thaumaturge. Il n'avait droit qu'à un coup d'épée. Un seul… Il n'avait qu'à faire un pas en avant, esquiver le coup d'un soldat et parer le second, avant de planter son épée dans le cœur du thaumaturge. Le seul qui tenait toujours son arbalète était aligné avec le roi et ne pouvait pas risquer de tirer. Tout se passerait en une seconde. Une seule seconde pour regagner l'avantage. Alors il s'élança, esquiva, para. Son épée était sur le point de pénétrer le cœur de son adversaire, et un carreau d'arbalète lui perça l'épaule.

Il gémit de douleur et lâcha son épée. Mais son geste avait lancé l'assaut. Ses deux hommes, lancés presque aussi tôt que lui, s'empalèrent sur les épées des gardes. Zok pleurait, impuissant. Le roi donna un ordre qui résonna dans les oreilles du Kemnite.

— Tuez-le !

Deistraz se retourna pour faire face au roi une dernière fois avant de mourir. Il se rendit alors compte que l'homme que désignait Mezzar, dont le visage était aussi couvert de larmes suite à la mort de sa femme, c'était Zok. L'enfant ne put se défendre, et le Kemnite, blessé, ne fit pas mieux. Le corps tomba comme une masse, et Deistraz vit le sang couler de la gorge de son frère. Il hurla, mais il reçut un coup sec derrière la tête. Il perdit conscience et s'effondra à son tour.

*

Lorsqu'il se réveilla, il fut transi de froid. Le cachot humide qui lui servait de cellule était sombre, si bien qu'il ne parvint pas à déterminer l'heure du jour ou de la nuit. Une odeur pestilentielle suintait des geôles environnantes. Son épaule, bandée, lui faisait un mal de chien. Il repéra un plateau, sur lequel étaient posés une miche de pain et un pichet d'eau. La douleur sourde derrière son crâne lui rappela ce qu'il s'était passé. Il revit l'image de son frère, passé au fil de l'épée sous ses yeux. Le souvenir lui donna la nausée. Zok était mort… C'était difficile à avaler. Une larme coula sur sa joue, qu'il essuya du revers de sa manche. Il n'avait pas seulement échoué à prendre le pouvoir. Il avait échoué à protéger les siens. Ils étaient sans doute tous morts ou emprisonnés. De rage, il frappa du poing contre le mur.

— Eh ! Du calme là-dedans. Sinon, c'est le fouet, dit le gardien avant de plisser les yeux. Alors c'est toi le Kemnite ? Je dois dire que je suis impressionné. Je pensais pas qu'un gamin de ton âge pourrait devenir un des plus grands criminels de la ville, peut-être du pays. Pire, qu'il puisse décider d'attaquer le palais royal. T'as du cran.

Deistraz soupira et ne répondit pas. Il se moquait bien de ce que son geôlier pensait de lui. Il s'assit sur sa couchette et fixa son attention sur ses pieds. À dire vrai, tout ce qu'il entendait dans le discours du gardien était son échec ; or il n'avait pas besoin de lui pour y penser. L'homme le considéra longuement, avant de reprendre.

— Ton sort va être décidé aujourd'hui. Je pense que tu vas être pendu haut et court, histoire que personne ne tente la même chose que toi. Ou peut-être fouetté à mort comme ils font en Helbbel. Il paraît qu'il y a des gens de là-bas en ce moment, alors ça serait un bon moyen de flatter leur égo !

Il s'éloigna de la cellule en riant. Deistraz soupira. Qu'ils le tuent donc. Il ne méritait pas mieux, s'il avait provoqué la mort de tous ses hommes... Il repensa à Zok. Il était si jeune... Douze ans à peine... Et pourtant, il avait été exécuté comme un chien. Cependant, ce n'était pas très étonnant. Il avait tué la reine, et Mezzar n'était pas connu pour être magnanime. La colère lui suffisait vraisemblablement pour tuer un garçon pas encore adulte. Pourtant, s'il en voulait au roi, c'était lui-même que le Kemnite, ou ce qu'il en restait, haïssait plus que tout. Alors oui, qu'ils le tuent. Au moins, il serait débarrassé de ce sentiment de culpabilité.

— Tous ne sont pas morts, murmura une voix. Plusieurs hommes des cuisines ont pu s'enfuir.

Il regarda autour de lui. Nulle âme qui vive dans la cellule. Pourtant, la voix était si proche qu'il avait eu l'impression qu'on lui avait susurré à l'oreille. Une sensation de froid le saisit.

— Qui est là ? demanda-t-il, non sans angoisse.
— Je suis à tes côtés, mon frère. Je ne peux plus tuer

pour toi, mais je suis là.

— Zok ? Mais... non, c'est impossible. Tu es mort...

— Peut-être es-tu fou alors, mon frère.

La voix s'éteignit aussi subitement qu'elle était apparue. Deistraz, frissonnant, se rendit compte que le froid n'était pas la source de sa chair de poule.

— Je perds la tête... murmura-t-il dans un souffle, avant de se coucher.

*

Il fut réveillé par un coup brutal contre la porte. Deux hommes d'armes, accompagnés par le geôlier, le toisaient depuis l'autre côté de la grille. Le gardien déverrouilla la serrure, et les deux autres entrèrent.

— Debout ! lui lança l'un d'eux.

Dès qu'il fut levé, le soldat lui lia les poignets avec une corde robuste, sans porter attention au bandage de fortune qu'il avait réalisé avec un bout de sa chemise. Deistraz fut emmené aux étuves, où on le lava, le rasa, désinfecta sa plaie et l'habilla avec de nouveaux vêtements. Il se sentit humilié, et pourtant, il était soulagé de se sentir plus propre. En effet, après avoir dormi plusieurs jours dans le même espace de moins de deux pas de côté, alors même qu'il n'avait pas de latrines, être débarrassé de la puanteur fétide des excréments lui était d'un réconfort certain. Mais être nettoyé par autrui éveillait chez lui une indignation sourde. Ces deux émotions mêlées créaient dans son esprit une impression étrange.

Puis on l'emmena au château. Cette fois-ci, il entra par le portail principal, sous les herses imposantes qui étaient supposées protéger le palais. Les couloirs étaient propres, et plus aucune trace de lutte ne les habitait. Il n'avait pas la moindre idée du temps qu'il avait passé dans les geôles, mais en tout cas, cela faisait suffisamment longtemps pour que les dégâts eussent été réparés. Il se souvint du plan du château que lui avait donné Silkar. Si ses souvenirs étaient exacts, il se dirigeait vers la salle à manger Aubergine, qui était la plus grande de la forteresse. Cela n'augurait rien de bon.

Ils entrèrent dans un vaste hall, dont le sol était recouvert d'épais tapis violacés, et les murs de tentures aux motifs de la même couleur. L'ensemble se voulait sûrement chaleureux, mais Deistraz avait des sueurs froides. Même s'il l'avait souhaitée, s'approcher autant de la mort ne le laissait pas indifférent. La pièce était remplie de courtisans et autres nobliaux qu'il ne connaissait guère. Il n'était pas à sa place parmi ces gens, et ils le lui faisaient ressentir de par leur regard glacé. Il monta quelques marches et se retrouva dans la partie la plus haute de la salle à manger, là où le roi et ses invités de marque dînaient comme si de rien n'était. Les gardes s'arrêtèrent et restèrent immobiles pendant de longues minutes.

Au bout d'un moment, le roi se tourna vers le prisonnier.

— Ainsi donc, voilà le Kemnite. Tu n'étais pas aussi jeune dans mon souvenir. Bien, qu'en penses-tu, duc ? Que devons-nous faire de lui ?

— Je crois qu'il ferait un bon cadeau pour nos invités,

débita un jeune homme du même âge que Deistraz, comme s'il avait appris un texte par cœur.

— Pourquoi ne pas le faire exécuter ?

— Pour éviter un soulèvement populaire... Et puis, les Helbbelliens méritent bien qu'on leur offre un présent digne de ce nom. Quoi de mieux qu'un trophée tel que lui ?

— Tu as tout à fait raison. Ô Roi Krezac, je vous offre cet homme. Il a commis un crime grave en attentant à ma vie, mais je crois que vous méritez mieux que d'assister à une vindicte de ma part. Faites ce que vous voulez de lui.

— Merci, répondit humblement l'intéressé avec l'accent de Helbbel. Il servira mon Aikdhekor. Peut-on le conduire à ses appartements ?

— Bien entendu ! répondit Mezzar, avant de se tourner vers les gardes. Emmenez-le !

*

Il ne réalisait pas. Il était en vie ? Il n'allait pas mourir ? C'était difficile à croire. Mais alors, à quoi allait ressembler sa vie dorénavant ? Allait-il servir des nobles, lui qui les détestait tant ? Il ne savait pas s'il en était capable, mais avait-il seulement le choix ? Après tout, pas vraiment. Il était dans une position délicate. Au moindre faux pas, on pouvait décider de mettre fin à ses jours, et il se rendait à présent compte qu'il ne voulait pas mourir.

Les gardes qui le surveillaient furent relayés par d'autres, en armures différentes. Sans doute arboraient-ils les couleurs de Helbbel. C'était peut-être cela qui avait causé sa perte : les soldats de Helbbel devaient avoir aidé ceux du château. Ses hommes avaient été pris de court par ces miliciens supplémentaires, et avaient perdu la bataille. Ainsi, les survivants étaient venus en aide au roi, et la suite, il la connaissait. Il se morigéna intérieurement. Rien ne servait de ressasser cette soirée. Il avait perdu, qu'importaient les raisons. Il devait maintenant ravaler sa fierté et accepter les conséquences de son échec. C'était ce que Jelkim aurait voulu : qu'il assume ses actes.

Les gardes se mirent au garde-à-vous. Deistraz leva les yeux, et vit un homme entrer. Son armure de cuir noir, sa cape rouge et surtout le blason d'or au renard pourpre devaient indiquer un statut social important, mais il ne pouvait l'affirmer. Il ne connaissait guère les protocoles ni l'héraldique helbbelliens. Il se contenta d'observer le regard de l'homme d'âge mûr qui se tenait devant lui.

— Comment tu t'appelles ? demanda-t-il sèchement.

— Deistraz.

— Bizarre comme nom. Ça n'a pas l'air de venir de Sonne, et encore moins de Helbbel. D'où viens-tu ?

— Je suis un immigré de Kemn.

— Ah oui, tu es celui qu'on appelait le Kemnite, c'est ça ? Je vois. Quant à moi, je suis Jazor, Aikdhekor de Sa Majesté le roi Krezac de Helbbel. Conduis-toi bien et tu seras libéré de tes chaînes sous peu. Nous ne pratiquons pas l'esclavage en Helbbel. Aussi seras-tu un simple serviteur. Cela dit, ta sentence ne sera levée qu'en Helbbel. Tu vas me suivre et exécuter mes ordres. Et bien sûr, si le roi Krezac ou la reine Remya

te parlent, tu baisses les yeux, tu les écoutes, et tu obéis. Tu ne réponds que si tu y es invité. Autrement, ce sera considéré comme un outrage et puni par des coups de fouet. Est-ce que c'est clair ?
— Oui, Jazor.
— Pour toi, ce sera Aikdhekor, le corrigea-t-il. Et... Il faut faire quelque chose pour ton nom. Personne ne le retiendra jamais sinon.
— Faire quelque chose ?
— Dorénavant, tu te présenteras sous le nom de Detras. Ce sera ton nom helbbellien.
— Detras...

Il répéta le nom avec incertitude. Ce nom, qui n'était pas tout à fait le sien, lui plaisait un peu. Non pas qu'il appréciait qu'on changeât son patronyme sans lui demander son avis. Mais... D'une certaine manière, cette nouvelle appellation était symbole d'une nouvelle vie. Celui qu'il était avant, Deistraz, le Kemnite, était mort en même temps que Zok. Il hocha la tête pour montrer sa soumission. Deistraz ne l'aurait jamais fait. Mais Detras ? Il restait à construire...

VIII — Esclave

*

L'esclave doit être adulte. Un enfant d'esclave naît libre, et est sous la responsabilité du maître tant que celui-ci possède l'esclave. L'esclave doit être nourri et logé. Il a le droit de se reposer au moins cinq heures par jour. Il doit avoir un couchage décent et des vêtements d'une qualité équivalente à ceux de son possesseur. Les bijoux sont cependant proscrits, à moins qu'il ne les portât avant d'être esclave. Les tatouages, de même. De façon générale, nulle marque d'appartenance ne doit être apposée sur lui, afin qu'il puisse être libéré. Car tout esclave peut être affranchi par son maître ou par un supérieur de son maître. Un esclave peut être cédé, notamment contre de l'argent, ou échangé, à condition que le nouveau maître soit un noble.

Résumé du code des esclaves, Prolk Katram

*

— Tu as de la chance, mon frère, murmura la voix de Zok. Beaucoup de chance. Tu es en vie... Je suis un peu jaloux.

— Tu es vraiment Zok ?

— Qui veux-tu que je sois ?

— Comment peux-tu me parler ?

— Je ne sais pas exactement, mais lorsque je suis mort, mon esprit s'est lié à toi... et il semble que je ne puisse te quitter.

— Alors tu es un fantôme ?

La question fit sans doute mal à Zok, car il mit un moment avant de répondre. Mais Detras avait besoin de savoir pourquoi il continuait d'entendre la voix de celui qu'il avait considéré comme son frère, même après sa mort. Il avait du mal à comprendre... Il s'apprêtait à s'excuser, mais Zok lui coupa l'herbe sous le pied.

— Tu as sans doute raison, mon frère... Ce doit être ce que je suis. Un fantôme... Je n'avais pas mis le doigt dessus.

Sa voix disparut comme si elle n'avait jamais existé, alors qu'un garde passait la tête par la porte de la chambre de bonne qu'occupait l'esclave.

— Tu parles tout seul ? demanda-t-il d'un ton dédaigneux. T'es pas net, comme gars.

— Tu préférerais que je parle à un fantôme ? répliqua Detras avec un sourire en coin.

— Je préférerais que tu la fermes, surtout. Fais ce qu'on t'a demandé et arrête de jacasser.

Il soupira et se remit à repriser le drap qu'on lui avait donné. Les gardes voyaient cela comme une humiliation, car c'était un travail habituellement donné aux femmes, mais Detras savait que c'était plus compliqué que cela. Il était mis à l'épreuve. On testait les choses qu'il savait faire, et à quel point il y était apte. On évaluait aussi sa capacité à obéir. Mais en ayant vécu avec Jelkim pendant quelques années, ce n'était pas très difficile. Car si Jelkim avait été un bon père adoptif aux yeux de l'esclave, il avait aussi pu se montrer autoritaire et intransigeant. Et grâce à lui, il avait appris à obéir en même temps qu'à commander.

Dès lors, son quotidien fut composé de tâches rébarbatives, mais diverses, de la lessive au cirage de chaussures. Un jour, on lui demanda s'il savait lire, écrire et compter. On le présenta à un précepteur, chargé d'évaluer ses compétences. Pour la lecture, il se débrouillait bien. Il avait l'habitude de lire les missives et les propositions d'achat qui lui étaient faites lorsqu'il était le Kemnite. De même, l'écriture ne lui posait que peu de difficultés. Ses lettres n'étaient pas assez rondes pour le précepteur, mais cela n'affectait pas la relecture. Quant au calcul, il montra des capacités dépassant celles de ses autres élèves, et notamment celles du duc de Brolst. Lorsqu'on lui demanda de détailler d'où il tenait ces talents, il expliqua que son père adoptif avait été très strict sur l'apprentissage du calcul, car il était nécessaire qu'on ne puisse pas lui jouer un tour concernant l'argent qu'il gagnerait. De plus, il avait eu à tenir un livre de comptes, à partager de l'argent entre plusieurs membres, à calculer des montants de profit, et nombre d'autres choses.

— La vie d'un criminel t'aura au moins appris des leçons utiles, admit l'Aikdhekor. Faisons en sorte que tu puisses en faire bon usage. Dorénavant, tu assureras principalement des tâches de scribe. Compris ?

— Oui, Aikdhekor.

— Très bien. Tu commences dès maintenant. Suis-moi.

Les gardes firent mine de les accompagner, mais Jazor les fit déguerpir d'un geste de la main. Ils marchèrent, seuls, dans les couloirs du palais du roi de Sonne. Une aile avait été réservée pour les invités helbbelliens. Ils retournèrent à la chambre de l'Aikdhekor, et celui-ci fit s'installer Detras à une petite étude enfoncée dans un mur, devant une fenêtre. Il commença à dicter, et il fallut quelques secondes à l'esclave pour se rendre compte qu'il devait écrire ce que disait son maître. Il s'exécuta donc.

— Ô, Roi, je vous informe par la présente que l'esclave offert par le roi Mezzar est lettré. Il a plus de valeur que ce que nous pensions. Je compte le former pour qu'il devienne mon assistant, si toutefois il se montre à la hauteur des tâches que je lui donne. Il exercera en attendant la tâche de scribe à mon service et au service de Sa Majesté la reine, si vous le permettez, car celle-ci m'a, il y a peu, fait part de son envie d'avoir quelqu'un à disposition pour écrire et lire pour elle. Rien d'urgent dans cette demande, c'est pourquoi je me permets de vous écrire plutôt que de vous interrompre dans vos négociations avec le roi de Sonne. J'attendrai votre convocation ou votre réponse avant d'offrir quelque service que ce soit à votre reine. Signé : Aikdhekor Jazor. Fais fondre la cire, je me charge du sceau.

Il fit relire la lettre à Detras, afin de s'assurer que tout y était. Il relut ensuite de lui-même, sans doute pour vérifier la qualité du travail. Puis il appela un page et lui remit la missive en lui indiquant qu'elle était pour le roi Krezac. La lettre dut être lue rapidement, car dans l'heure qui suivit, les deux hommes étaient convoqués par le roi de Helbbel.

— Je n'ai pas beaucoup de temps, expliqua-t-il à l'Aikdhekor. Le roi Mezzar a une affaire urgente à

régler, mais il sera de retour bientôt. J'ai cru comprendre que ce garçon avait des capacités insoupçonnées. Cela augmente la valeur de ce cadeau. Y a-t-il des raisons de croire que notre hôte était informé de ce fait lorsqu'il nous l'a offert ?
— Ce n'est pas impossible, répondit Jazor. Quoi qu'il en soit, cela devra sûrement peser dans vos négociations, car la nouvelle se répandra vite.
— Je ferai attention à le prendre en compte. Je lui en toucherai un mot moi-même. Je dois lui montrer ma reconnaissance.
— Et pour votre reine ?
— Fais en sorte qu'il soit escorté. Mais oui, tu peux le mettre au service de Remya. Elle sera heureuse d'avoir quelqu'un sur qui compter pour écrire ce qu'elle souhaite.
— Il semble que vous soyez plus proche d'elle que ce que vous pensiez...
— Si tu savais, Jazor... Je crois bien que j'en suis tombé amoureux.

— C'est une bonne nouvelle, Majesté. Feu votre père serait heureux de le savoir.

— Si mon père était en vie, je ne crois pas qu'il donnerait de l'importance à mes sentiments.

— Pour avoir longtemps connu votre père, Majesté, permettez-moi d'en douter. Il était dur avec vous quand vous étiez en sa présence, mais il m'a plus d'une fois partagé ses regrets de ne pas savoir comment vous montrer qu'il comprenait ce que vous ressentiez, mais qu'il devait placer le devoir avant tout. C'est pour cela qu'il vous a choisi une épouse avant que vous soyez en âge de vous marier.

— Tu sais, Jazor, je suis heureux que tu aies été aussi proche de mon père. Tu me permets de voir ce qu'il ne me montrait pas. Enfin, tout cela ne regarde pas ce jeune... Detras, c'est ça ?

— C'est ça. Vous avez raison, pardonnez-moi.

— Il n'y a pas de mal. Il est important qu'il sache que je suis humain aussi, tout comme lui. Dis-moi, Detras, que penses-tu de ce que tu viens d'entendre ?

— Je... Je conclus que vous êtes roi depuis peu, Majesté. Que votre relation avec votre père était compliquée, et que vous avez été marié pour un motif diplomatique ou commercial.

— Tu as un bon esprit d'analyse, observa le roi. Mais tu n'as pas compris ma question. Je ne te demande pas ce que tu comprends, mais bien ce que tu en penses.

— Je... ne sais pas quoi vous répondre, Majesté. Je ne crois pas avoir à penser quoi que ce soit de tout cela. À part peut-être, comme vous le disiez, que vous me semblez un peu plus humain que ce que je croyais.

— Tu parles bien pour un gamin des rues. Tu es éduqué, ton écriture est correcte... Tu me sembles être quelqu'un d'intéressant. Je suis heureux que Jazor te prenne sous son aile. Il fera de toi quelqu'un de grand, j'en suis sûr. Bon ! Cette entrevue aura été plus longue que prévu. J'espère ne pas avoir fait attendre Mezzar... Allez, faites ce que vous avez à faire.

Les deux hommes saluèrent le roi d'une même courbette, avant de sortir de la pièce. Cette rencontre avait bousculé Detras. Krezac se révélait bienveillant, ce qui le rendait plus difficile à haïr que Mezzar. Mais malgré tout, il émanait de lui une énergie particulière qui déplaisait au scribe. C'était peut-être la royauté, ou alors quelque chose dans son verbe. Peut-être simplement n'appréciait-il pas son autorité. Mais... qu'un roi se souciât de ce qu'il pensait ? Lui adressât la parole pour autre chose que l'insulter ou lui attribuer une tâche ? Plus encore, qu'il le complimentât ? Il ne comprenait pas. Cela devait cacher quelque chose. Ainsi, aux yeux de Detras, cette rencontre était à placer sous le signe de la méfiance.

*

Detras frappa à la porte. Flanqué de deux gardes à l'écusson d'or au renard pourpre, il ne se sentait pas à son aise, même si son épaule allait déjà mieux. Les soins, prodigués par un thaumaturge, étaient efficaces. Une voix de femme indiqua d'entrer. Il s'exécuta, et trouva celle qu'il savait être la reine Remya, assise au milieu d'un parterre de courtisanes plus jeunes les unes que les autres. Elles étaient concentrées sur des ouvrages de broderie, plus colorés qu'un massif floral. Un peu plus loin, deux enfants, âgés de pas plus de deux ans, jouaient avec une nourrice.

— Pardonnez-moi de vous déranger, commença Detras. Je suis le scribe envoyé par l'Aikdhekor. Je me nomme Detras, je suis à votre service.

— Oh ! Voilà une belle surprise ! Heureuse de te rencontrer, Detras ! Mesdames, merci pour ce beau début d'après-midi, mais je vais faire connaissance avec le scribe. Terria, emmène la princesse à sa nourrice. Je m'occupe de Gwalbrevil.

Tout ce petit monde se mit en branle, et après d'humbles salutations, la reine fut seule avec l'enfant, les gardes, et le scribe. Remya envoya les gardes de l'autre côté de la pièce.

— Ainsi, nous serons plus tranquilles pour parler, dit-elle avec un sourire amical. Je sais déjà que tu es un criminel, mais je ne sais pas ce que tu as fait. Raconte-moi !

— J'ai... fait beaucoup de choses, commença-t-il. On m'appelait le Kemnite. Je volais des cargaisons de marchandises à de riches propriétaires, et je les revendais à d'autres personnes. Je donnais la possibilité à des gens de basse extraction de gagner de grosses sommes d'argent en partageant les bénéfices avec eux. Et lorsque j'ai eu assez d'hommes à ma disposition, j'ai attaqué le château.

— Pourquoi ? demanda-t-elle d'une voix pleine de curiosité.

— Je voulais prendre la couronne du roi, et partager son argent avec le peuple. Rendre aux pauvres un peu d'équité.

— C'est pour ça que tu as tué la reine ?

— C'est un de mes hommes qui l'a tuée, pour me protéger. Cela lui a coûté la vie...

Elle ne répondit pas tout de suite, et Detras se rendit compte que sa voix avait flanché en prononçant ces mots. Zok était mort à cause de lui, et c'était toujours aussi douloureux. Mais il se reprit.

— Cela dit, il aurait probablement fallu la tuer également dans tous les cas, alors... Je suppose que j'en suis coupable aussi.

— Tu me sembles être une personne très étrange... Je comprends le combat contre la pauvreté. C'est un combat noble, que je rejoins volontiers. Les plus démunis devraient être aidés, afin que personne ne soit dans le besoin. Mais tuer pour cela... Pourquoi faire du mal pour quelque chose de bien ?

— Vous savez, là d'où je viens, il est difficile d'appeler quelque chose bien ou mal. On fait ce qu'il faut pour survivre. Parfois, ça demande de voler ou de tuer. C'est une guerre quotidienne pour le peuple. Et l'adversaire est celui qui détient ce qui devrait lui revenir.

— Je suppose... fit-elle après une pause. Je suppose qu'il n'y a pas d'autre choix dans ce pays... Une royauté qui refuse d'aider son peuple ne peut s'étonner qu'il se révolte. Mais je refuse que Helbbel prenne la même direction. Je vais présenter des lois à Krezac, afin de venir en aide aux plus démunis. Et c'est à cela que tu vas me servir. Tu vas m'aider à rédiger les documents dont j'ai besoin. Qu'en dis-tu ?

— Je... ne crois pas être habilité à en dire quoi que ce soit, Majesté.

— Je me moque des manières et de l'étiquette que l'on t'a demandé de respecter. Est-ce que ce projet te donne envie ?

Il ne répondit pas tout de suite. Il regarda les gardes, de l'autre côté de la pièce, qui devaient se demander ce qu'ils se disaient. S'ils savaient... La reine semblait d'accord avec lui sur le fond de sa pensée. Elle faisait ressurgir en Detras une partie de Deistraz, lui rendait un peu la vie. La voix de Zok siffla dans ses oreilles.

— Tu n'auras sans doute jamais de meilleure alliée, mon frère. Même un sorcier ne pourra avoir l'influence d'une reine...

Il se mordit l'intérieur de la joue. C'était tentant, mais... n'était-ce pas s'allier à l'ennemi ? Il réfléchit un instant alors que Remya attrapait son petit garçon et l'appuyait contre son sein. L'enfant avait déjà une fine chevelure noire. Il ne put s'empêcher de sourire. La reine et le prince donnaient une scène attendrissante. En vérité, Detras était jaloux du petit. Lui aussi aurait voulu avoir sa mère. Lui aussi aurait voulu ne pas avoir à se soucier de l'argent en naissant dans une famille noble. Lui aussi aurait voulu pouvoir grandir sans voir ses proches mourir. Cette petite chose, encore bébé, porteuse d'espoir et de rêves, sur la tête de qui la couronne de Helbbel finirait par tomber, qui avait l'amour de sa mère et le confort d'une vie d'abondance, ne pouvait pas réaliser la chance qu'elle avait. Mais avec Remya, peut-être pouvait-il changer la donne ? Peut-être que d'autres enfants, qui auraient été destinés à mourir de faim, dans un foyer trop pauvre pour les nourrir, pourraient grâce à eux survivre, grandir ? Lui n'avait pas ce pouvoir, mais la reine ? Si elle était avec lui, à défaut de sauver les pauvres de Sonne, pouvait-il sauver ceux de Helbbel ? Il soupira, et hocha la tête.

— Je ne sais pas de quoi sont faits vos projets, mais si je peux aider le peuple... Je suis avec vous, ma Reine.

IX — Voyage

*

Bien entendu, nous avons déjà été témoins à de multiples reprises d'esprits prenant des formes différentes et communiquant avec les vivants. L'exemple le plus connu est celui du duc Kimar de Salman. Il serait mort dans les montagnes, au nord de Gem'kalez, et serait revenu hanter son fils, Jamrak, pour lui prodiguer des conseils et des informations sur ses alliés et opposants politiques. Ainsi, Jamrak fut, grâce à l'expérience de son père, l'un des ducs les plus respectés et les plus prospères de l'histoire de Sonne.

Sur les esprits et les fantômes, Kolar Eskat

*

Ils montèrent à bord du Sagace, une superbe caravelle que Zok et Deistraz avaient eu l'occasion d'admirer ensemble. Ils ignoraient alors qu'elle appartenait à une délégation helbbellienne, et qu'elle serait la source de leur échec. Voir ce navire ajoutait à l'amertume de Detras. S'il s'était renseigné correctement, il aurait pu anticiper la menace. Mais, trop sûr de lui, il avait mené ses troupes à leur perte. Pourtant, cette amertume était nuancée par les perspectives d'espoir qui s'offraient à lui. Il renonçait à venger son père adoptif pour se concentrer sur ce qui comptait vraiment : aider les pauvres.

Il suivit l'Aikdhekor dans sa cabine, où il resta jusqu'au départ de la caravelle. Il fut alors conduit là où il allait dormir pour les trois nuits suivantes, au milieu des soldats et des marins. La cale du navire était sombre et fleurait l'écume et la transpiration. Jazor fourra un hamac dans les mains de Detras, et lui indiqua un emplacement où s'installer. Le scribe posa sa couchette sans difficulté, sous le regard lourd des soldats. L'Aikdhekor sortit et laissa seul son esclave, au milieu des gardes et des matelots. Un homme en armure s'approcha de lui, et lui donna une tape sur l'épaule.

— T'es le type dont on a battu les gars, pas vrai ? Pas étonnant que le combat ait été si facile, quand on voit la lavette qui leur servait de chef. Un gamin qui s'est cru adulte !

— Si ça te fait plaisir, répondit-il froidement.

— C'est tout ? Tu vas pas te battre ? Comme un vrai homme ?

— Je ne voudrais pas t'humilier au milieu des autres. Se faire rosser par un gamin... Ce ne serait pas confortable.

— Tu crois pouvoir me battre ? Tu ne sais pas qui je suis ! Je suis B...

— Je m'en moque. Si tu veux te battre, frappe-moi. Sinon, va-t'en.

Le soldat, ainsi humilié, rougit furieusement, et lança un coup de poing. Detras bloqua son bras à mi-parcours et frappa du coude dans la tempe de son adversaire, qui fit plusieurs pas en arrière, sonné. Il jura et dégaina son épée.

— Finement joué, observa la voix de Zok. Maintenant, même si tu survis à ce combat, tu devras dormir au milieu de ces... animaux.

Il n'avait pas le loisir de répondre, mais il réalisa à ce moment qu'effectivement, n'ayant aucune autorité sur les soldats, il s'était potentiellement mis en danger bêtement. Il se morigéna intérieurement en esquivant le coup d'épée qui lui tombait dessus. Si seulement il avait eu une arme, il n'en aurait fait qu'une bouchée. Mais il était à mains nues, et il lui fallait survivre. Il esquiva de nouveau, dans une danse macabre, où il risquait à chaque instant d'y rester. Soudain, la voix de l'Aikdhekor tonna.

— Que se passe-t-il ici ?!
— Aikdhekor ! s'exclama le soldat. Ce gamin m'a insulté ! Je ne faisais que défendre mon honneur !
— Bien sûr, soupira Detras. Ton honneur, avec ton épée, sur un navire, et de surcroît contre un ennemi désarmé ? Même si j'avais été celui qui est venu t'insulter, ce qui est un mensonge, tu t'insultes tout seul.
— Il n'a pas tort, dit l'Aikdhekor d'un ton exaspéré. Donne-moi cette épée. Si vous voulez vous battre,

faites-le à armes égales.

— Aikdhekor, intervint un autre soldat, sauf votre respect, cela a déjà eu lieu, et ce gamin a gagné au moment où l'épée a été tirée...

— Je vois. Mais dans ce cas, ça ne dérangera pas Detras de recommencer sous mes yeux ?

— Je me défendrai comme il se doit, annonça l'intéressé. Si cet homme décide de se battre.

Le garde arma un coup de poing, feinta et frappa Detras en plein ventre. Ce dernier encaissa. C'était puissant, mais il avait vécu bien pire. Jelkim, lorsqu'il l'avait battu, avait pu le pousser à vomir à force de coups de pied dans l'abdomen. Les poings font moins mal que les pieds, et il était plus fort qu'à l'époque. Il enfonça sa tête dans la poitrine de son adversaire, qui ne put s'empêcher de cracher sous l'effet de l'impact. Il enchaîna en frappant du poing dans le ventre à son tour. Le soldat était faible. Detras joignit les mains les abattit brutalement sur la tête du garde, qui s'effondra et ne parvint pas à se relever.

Le scribe reprit sa respiration en regardant le résultat de son combat, puis il se tourna vers l'Aikdhekor. Celui-ci observait en s'entortillant la barbe. Il finit par hocher la tête, et fit signe à Detras de le suivre. Il s'exécuta, trop heureux de s'extirper de cette cale. Jazor le conduisit dans sa cabine et s'assit sur son lit.

— Tu sais te battre, alors.

— Oui, Aikdhekor.

— Réponds-moi sincèrement. Si vous aviez tous les deux eu une épée, penses-tu que tu aurais eu une chance de le vaincre ?

— Sans l'ombre d'un doute.

— Tant d'assurance... Tu es pourtant bien jeune. Lui a l'expérience. Alors pourquoi ?

— J'ai vaincu les lames les plus mortelles des rues de Kolkar. Me battre était pour moi une affaire de survie. Pour lui, c'est un gagne-pain. Quand bien même il aurait fait la guerre, il n'a pas passé autant d'années que moi à vivre par le fil de son épée. Alors sauf votre respect, Aikdhekor, l'avantage de l'expérience, je crois bien que c'est moi qui l'ai.

— Peut-être bien, concéda Jazor. Peut-être que quand la reine en aura fini avec toi, je ferai de toi un homme d'armes. Si tu es si doué que tu le dis, tu seras un atout de poids. Et ta connaissance du fonctionnement de la criminalité ne sera pas inutile. Nous verrons.

Detras s'inclina, et l'Aikdhekor lui fit signe de s'en aller. En effet, la journée était loin d'être terminée. En restant prudent, il s'approcha du bord pour profiter de la mer. Zok aurait adoré cela, se dit-il. Le vent lui caressait les cheveux, l'écume glissait sous la coque du navire, et tout autour de lui, les marins s'activaient. Il ne comprenait pas tout ce qu'ils faisaient, n'étant pas lui-même un matelot, mais cela lui était égal. Cette activité était agréable. Il sentit une présence s'approcher de lui et se retourna, prêt à s'écarter pour éviter qu'on le fît tomber à l'eau. Mais devant lui se trouvaient non pas des soldats avides de lui faire payer l'humiliation du garde, mais bien le roi Krezac et la reine Remya.

Il s'inclina humblement et fit mine de leur laisser la place. Mais la reine s'arrêta devant lui.

— Bonjour, Detras, dit-elle aussi doucement que l'agitation du vaisseau le lui permettait.

— Majestés, fit-il en s'inclinant à nouveau, puis encore à l'attention du roi.

— J'ai entendu les matelots dire qu'un jeune homme sans arme avait été menacé... Est-ce bien de toi qu'il s'agit ?

— En effet. Mais l'Aikdhekor a déjà réglé le problème.

— Vraiment ? intervint le roi. Il n'est pas du genre à protéger les plus faibles...

— En effet... ajouta Remya. Mais pourtant, tu sembles n'avoir aucune blessure. Que s'est-il passé ?

— Il a simplement exigé que nous nous battions à armes égales, et... j'ai vaincu.

— Mais... ces brutes ne te laisseront pas dormir tranquille cette nuit ! Tu es en danger !

— Ce ne sera pas la première fois, Majesté. Je tâcherai de garder l'œil ouvert.

— Pas question ! Krezac, tu dois faire quelque chose !

— J'en parlerai avec Jazor. Nous trouverons une solution avant ce soir.

— Merci, Majesté, c'est un privilège que vous m'accordez.

Et en effet, c'en était un. Aux yeux de Detras, il aurait été normal que le couple royal ne se soucie guère de ce genre de détails. Un soldat qui agressait quelqu'un, ou qui le tuait, c'était monnaie courante en Sonne, et cela restait le plus souvent impuni. Il n'y avait pas de raisons que cela soit différent en Helbbel. Alors pourquoi ? Pourquoi le roi et la reine se souciaient-ils de sa vie ? Cela ne lui paraissait pas logique. À moins que ce ne soit pour des raisons diplomatiques ? Pour faire en sorte que le cadeau de Mezzar ne soit pas blessé ? Peut-être... Dans tous les cas, il leur devait sa gratitude.

Le couple se dirigea vers les cabines. Lorsqu'ils ressortirent, ce fut accompagnés de l'Aikdhekor. Celui-ci fila droit vers Detras, et lui annonça :

— Il paraît qu'il faut prendre soin de toi. Je pense que

tu t'en serais tiré tout seul, mais soit. Tu dormiras dans ma cabine la nuit. Sur le sol, à côté de moi.

— Merci pour ce privilège, répondit le serviteur en s'inclinant encore.

— Ce n'est pas un service que je te rends, c'est un ordre du roi. Mais dès que nous serons à nouveau à terre, tu seras traité comme un serviteur normal, au mieux, comme un scribe.

— Bien sûr, enchaîna le roi qui s'était rapproché. Une fois à terre, le danger sera écarté. Les brutes qui te menacent ne t'auront plus à portée de main. Tu auras une chambre parmi les serviteurs. Il te faudra te faire à une nouvelle vie, encore différente de ce que tu as vécu en tant qu'esclave en Sonne.

À force de courbettes, Detras commençait à avoir le dos sensible. À moins que ce ne fût le combat qui lui laissait des courbatures ? Dans tous les cas, ce n'était pas bon signe. Il perdait de ses capacités ; il manquait d'entraînement. L'Aikdhekor sembla remarquer quelque chose, et ne s'éloigna pas avec le roi et la reine.

— Tu sembles préoccupé. Autant régler cela maintenant, avant que le roi et la reine ne doivent s'en mêler à nouveau. Parle.

— Je... je vous prie de m'excuser, je crois que je manque d'entraînement au combat. Je crains que mon corps ne me fasse défaut.

— Si ce n'est que ça... J'ai prévu de te faire participer à des entraînements quand nous serons rentrés. Cela dit, ce ne sera pas de tout repos. Les rumeurs vont vite dans la garde. Ta victoire sera connue assez vite et certains voudront prouver qu'ils sont plus forts que toi.

— Dans le pire des cas, je serai battu. Je ne me soucie guère plus de ma réputation. Après tout, je suis un serviteur qui vous a été offert après que j'ai échoué à prendre le pouvoir sur Sonne. Je suis un criminel au milieu de ce que vous représentez de bienséance.

— Tu as tort. Tu es au service de l'Aikdhekor et de la reine. Ta réputation est importante. Pour le moment, tu es vu comme un criminel qui a échoué. Mais demain, tu seras peut-être l'arme de l'Aikdhekor. Quoi qu'il en soit, ce que les autres disent de toi me touchera, et touchera la reine. Alors, ne perds pas contre n'importe qui.

— Bien... Je ferai en sorte de donner le meilleur de moi-même.

En vérité, cette promesse ne lui coûtait pas grand-chose. Il aimait se battre, être meilleur que les autres. C'était grisant. Alors il avait la ferme intention de gagner autant que possible, peut-être contre tout le monde. Outre sa réputation, savoir qu'il était invaincu en duel depuis des années le rendait fier, et il comptait bien ne pas perdre cette fierté. Mieux encore, cette capacité à se battre semblait intéresser Jazor et pouvait peut-être lui offrir un statut plus confortable à l'avenir. Il lui fallait se montrer malin s'il désirait gagner des points auprès des personnes influentes. Entre la reine qui semblait heureuse de pouvoir travailler avec lui sur des lois concernant la pauvreté, et l'Aikdhekor qui voyait en lui une arme potentielle, il avait un large champ de possibilités. D'autant qu'il espérait beaucoup de cette relation avec Remya. S'il pouvait améliorer la condition des pauvres tout en s'occupant de la sienne, tout irait pour le mieux.

L'Aikdhekor le laissa là et Detras occupa sa journée à éviter de se mettre dans les pattes des marins. Ce fut long, et il se sentit soulagé lorsque l'heure du coucher arriva. Le sol de la cabine de l'Aikdhekor était froid, mais il avait tout de même le droit à une couverture de fortune. Il se laissa bercer par le ballottement régulier du bateau. Le temps ralentit lentement, et, avec les ronflements de l'Aikdhekor, il finit par s'endormir.

*

Les trois jours suivants se déroulèrent de la même façon : longs, ennuyeux, et sans activité particulière pour Detras qui passa son temps à attendre, perdu dans ses pensées. C'était plus pénible que d'avoir des tâches de serviteur. Mais à l'approche du port de Meoran, capitale de Helbbel, l'agitation lui fournit une distraction. Les manœuvres prirent du temps, et la ville, plus grande que Kolkar, s'approchait lentement. La zone portuaire semblait plus petite que celle de la capitale de Sonne, et Detras devina que cette activité était loin d'être primordiale pour la ville. Si commerce il y avait, ce devait être un commerce terrestre avant tout.

La caravelle finit par accoster un grand ponton, et des cordages furent lancés pour arrimer le navire. L'Aikdhekor appela Detras pour le préparer à descendre à sa suite, derrière le couple royal. Une procession de soldats les attendait sur les quais, et encadra les arrivants. Tout ce beau monde se mit en marche en direction du palais, qui dominait la ville par sa hauteur. Detras observa les environs. Tout autour d'eux, des gens acclamaient leurs souverains, mais derrière, certains chuchotaient à leur passage. Il ne vit pas de mendiant, mais il supposa qu'ils passaient plutôt dans des zones bien entretenues où les pauvres étaient chassés.

La ville était magnifique, cependant. Detras l'admirait avec des yeux d'enfants. Au fond de lui, savoir que Zok profitait aussi du voyage le réconfortait. Même s'il était mort, le savoir à ses côtés était une bénédiction. L'Aikdhekor se tourna vers lui, et lui dit :

— Bienvenue en Helbbel. J'espère que tu t'y feras.

X — Lois

*

La taxe de l'Aikveig, comme celle du comte, ne pourra excéder les quinze pour cent des recettes commerciales. En cas de désaccord entre le payeur et le taxateur, c'est l'instance au-dessus du taxateur qui prendra la décision. Si le désaccord perdure, cela pourra remonter jusqu'au roi. Dans le cadre d'un procès où la mauvaise foi de l'une des parties sera avérée, elle devra payer une charge à l'autre partie ainsi qu'à l'autorité qui aura dû intervenir. Cette charge sera proportionnelle à la fortune de la partie incriminée.

Ensemble de lois sur la pauvreté, de la reine Remya

*

Detras fut confié à l'intendant, qui, chargé de lui mettre à disposition une chambre et des vêtements, fit parfaitement son travail. En quelques heures, il put visiter sa chambre, on prit ses mesures et on lui fournit quelques chausses et chemises qui, même si elles n'étaient pas tout à fait à sa taille, permettraient d'attendre jusqu'à ce qu'on lui cousît quelques vêtements. On lui montra les étuves et les latrines, la salle d'entraînement des gardes, la salle d'études, les cuisines, tout ce dont il avait besoin. Il fit attention à bien mémoriser tous ces lieux, comme pour un plan de guerre. Moins il avait à demander son chemin, moins on le prendrait pour un incapable.

On l'abandonna ensuite à son sort, dans sa chambre, en lui disant qu'un page le préviendrait quand quelqu'un aurait besoin de lui, en attendant que son emploi du temps fût décidé. Or, il fut décidé rapidement. Le soir même, il fut convoqué chez l'Aikdhekor qui lui donna la liste de ses activités quotidiennes. Au lever du soleil, il mangerait aux cuisines. Puis, entraînement au combat. Après quoi, il devrait se rendre en salle d'études pour apprendre l'histoire, l'étiquette, l'héraldique, et toute autre discipline que l'on jugerait nécessaire. Ensuite, repas aux cuisines. Puis il passerait l'après-midi au service de la reine. Si elle avait d'autres occupations, il avait quartier libre. Dans tous les cas, au coucher du soleil, repas aux cuisines. Enfin, rapport à l'Aikdhekor dans ses quartiers, puis il était libre de faire ce qu'il voulait de sa nuit, à condition qu'il soit prêt pour l'entraînement le lendemain matin.

Il enregistra chacune des informations qui lui étaient données. Il n'était pas question qu'il fasse faux bond à aucun de ces rendez-vous. Il devait se montrer exemplaire s'il espérait gagner en influence. Il réalisa soudain qu'il agissait par réflexe. Essayer d'être mieux reconnu, c'était, quelques semaines auparavant, son quotidien. Le fait que l'Aikdhekor d'un côté, et la reine de l'autre, lui aient proposé de participer à des projets dans lesquels il serait utile l'avait fait partir du principe qu'il pourrait, grâce à cela, gagner des points auprès d'eux au jeu de l'influence. Et il agissait en conséquence. Mais... ne se berçait-il pas d'illusions ? Quand bien même ce fut le cas, il devait essayer. Il ne savait pas comment agir autrement, de toute façon. Il était fait pour cela.

L'Aikdhekor lui dit de se retirer, aussi partit-il aux cuisines pour manger un peu avant d'aller profiter de sa soirée. Il allait découvrir l'activité nocturne du palais, ou tout du moins son début, car il ne souhaitait pas traîner trop tard. Il trouva une troupe d'enfants et d'adolescents autour d'un vieil homme qui contait une histoire à propos d'une fleur qui, si elle était offerte en cadeau à l'être aimé, bénirait le couple et lui offrirait prospérité et enfants nombreux. Bien sûr, la fleur se nommait Fleur, et rien n'indiquait de quel type elle était. Cela exaspérait Detras, qui, bien loin de se laisser bercer par ce genre d'histoires, ne pouvait s'empêcher de les analyser.

Il trouva un groupe de joueurs, ce qui l'intéressait davantage. Il demanda s'il pouvait observer la partie, comme il n'avait pas d'argent pour participer, et on lui expliqua qu'à ce jeu, appelé le Sort Suprême, il n'y avait pas de mises. C'était un simple jeu de stratégie, dont le but était d'agencer ses pièces de façon à ce qu'elles forment une des combinaisons à points, qu'on appelait un sort ou une figure, le tout en prenant des places pour empêcher le joueur adverse de faire de même. Certaines pièces, les spéciales, avaient un rôle supplémentaire, qui leur permettait de repousser une pièce. On lui expliqua les règles au fil de la partie, puis on lui montra différentes combinaisons en lui donnant le nombre de points, et après une petite heure, il s'essayait au jeu.

Il eut beau s'efforcer de se souvenir de tout, il ne parvint pas à mettre son jeu en place à temps, son adversaire avait toujours plusieurs coups d'avance. Il voyait sur le moment les différentes options, mais n'arrivait pas à tout retenir. Le jeu était trop complexe. Mais il apprécia néanmoins y jouer, fasciné par les possibilités qu'offrait ce jeu du Sort Suprême. La défaite, bien que cuisante, ne fut pas une humiliation, car les joueurs étaient là avant tout pour s'améliorer, et au bout de quelques parties, il réussit à gagner une manche. Ce n'était pas grand-chose, mais c'était une petite victoire dont il se contenta pour ce soir-là. En effet, il était bien assez tard. Il lui fallait dormir.

*

— T'es plutôt doué, dit le maître d'armes. Tu manies

l'épée comme un scorpion manie son dard. J'ai rarement eu l'occasion de voir ça, malgré les années.

— Merci, répondit Detras en rendant l'épée émoussée qu'on lui avait prêtée pour l'entraînement.

— Fais gaffe quand même, j'ai vu deux ou trois gars te regarder bizarrement, m'étonnerait pas qu'ils veuillent prouver leur supériorité.

— Qu'ils essaient.

Detras haussa les épaules et sourit, confiant. Le maître d'armes eut un rire sonore, et mit une bourrade dans l'épaule du serviteur. Il grimaça. C'était toujours un peu douloureux, malgré les soins. Il n'avait plus besoin de bandages, la plaie était parfaitement cicatrisée, mais quelque chose restait, lancinant, comme s'il avait une bille de souffrance fichée en haut du bras. Il composait avec pour se battre, mais ses mouvements étaient un peu limités. Il faisait cependant en sorte de ne pas le montrer, et cela semblait fonctionner.

Il se dirigea ensuite vers la salle d'études, où il dut apprendre par cœur les six comtés de Helbbel, ainsi que leur localisation. Il avait déjà vu la carte de Helbbel, mais retenir les positions des comtés ne lui ayant jamais été utile, l'exercice était plus difficile qu'il ne l'aurait cru, malgré sa bonne mémoire. Cependant, après deux heures passées à apprendre, il était capable de se faire une petite carte mentale des comtés et même de leurs capitales. Le précepteur avait bien essayé de lui faire retenir les blasons aussi, mais Detras n'avait aucun attrait pour l'héraldique, et les descriptions qu'en donnait le professeur ne l'aidaient pas à se figurer une quelconque image. Il connaissait au moins celui de Helbbel, puisque c'était celui que portaient l'Aikdhekor et les soldats qui accompagnaient le roi lors de son voyage en Sonne. Ce n'était déjà pas si mal, et il aurait tout le temps d'apprendre l'héraldique plus tard si tel était le souhait de son précepteur.

Le repas se passa sans encombre ; il mangea rapidement sans que quiconque lui adressât la parole. Il se dirigea ensuite vers la suite de la reine. Il se fit la réflexion qu'il n'était plus guère accompagné par des soldats. Cela dit, il était difficile pour lui de tenter quoi que ce fût, et l'Aikdhekor comme le roi devaient en être conscients. En effet, au moindre cri, une flopée de gardes arriveraient et ne feraient qu'une bouchée de lui. Il avait beau être un bon combattant, même contre deux adversaires, il n'avait aucune chance contre un groupe de quatre ou cinq gardes. Et il tenait à la vie. Peut-être était-ce ce que l'Aikdhekor avait constaté ? Peut-être... Il frappa à la porte. Une servante vint ouvrir. Il se présenta, et la servante le pria d'attendre quelques minutes. Après avoir patienté sagement, la porte se rouvrit et une dizaine de nobles, toutes des femmes, sortirent de la pièce, immédiatement suivies par des servantes qui portaient des plateaux, des assiettes vides et des couverts sales pour débarrasser la suite. La reine se mouilla le visage dans la vasque à côté de la fenêtre, et tournait ainsi le dos à son scribe. Il s'éclaircit la gorge pour prévenir de sa présence, avant d'ajouter :

— Majesté...

— Oh, c'est toi Detras. Parfait. Nous allons pouvoir

avancer !

Elle s'essuya le visage et se tourna vers lui avec un franc sourire.

— Je suis ravie que tu sois là. Au moins, avec toi, je n'ai pas besoin de paraître quoi que ce soit.

— C'est un honneur.

— Et j'espère qu'après notre discussion d'aujourd'hui, tu oseras être toi-même avec moi aussi. Après tout, nous avons un but commun. Il serait dommage que nous ne l'atteignions pas à cause de protocoles stupides. Si tu n'oses pas me dire ce qui ne va pas dans mes propositions, personne ne le fera et rien n'avancera.

— Je... Je ferai de mon mieux, promit-il.

— Espérons que cela suffise... Dis-moi, j'ai commencé à réfléchir à une loi pour plafonner les taxes. Le plafond serait indexé sur les revenus commerciaux uniquement, interdisant de taxer les pauvres qui ne font quasiment aucun commerce. Et pour les artisans et agriculteurs, cela leur donnerait la certitude qu'ils ne seront pas taxés au-delà d'un certain montant qui reste à définir.

— Sur le papier, cela me semble être intéressant, mais que prévoyez-vous pour contrôler qu'il n'y ait pas d'abus des taxateurs ?

— S'il y a un litige, cela remontera à l'autorité supérieure de celle du taxateur ! Au comte si c'est un Aikveig, au roi si c'est un comte.

— Cela pourra demander un temps considérable aux comtes et au roi... Il faudrait s'assurer que les litiges soient limités.

— Que proposes-tu ?

— Hm... Et si on punissait la mauvaise foi ? Si lors d'un litige, une des parties se montre de mauvaise foi, elle devra payer un montant, indexé sur sa fortune pour être sûr que les taxateurs n'en abuseront pas, à l'autre partie et à l'autorité ?

La reine réfléchit un instant, et ses lèvres se retroussèrent délicatement en un sourire intéressé.

— C'est une bonne idée ! J'aime beaucoup ! Notons

cela !

Detras s'assit au bureau et prit un des parchemins vierges qui s'y trouvaient, pour noter la proposition de loi sous la dictée de Remya. L'après-midi passa ainsi, et Detras s'autorisa à parler, à critiquer les choix de la reine. Elle l'écouta, et prit en compte ce qu'il lui disait. Les échanges furent fructueux, et à la fin de l'après-midi, une proposition de loi était écrite, prête à être transmise au roi. Mais cela ne suffisait pas. Il en fallait plus, bien plus. Cela dit, c'était un début, un bon début.

Les jours suivants se déroulèrent de la même façon. Entraînement, leçons, et étude de lois avec la reine. Petit à petit, Detras se sentit de plus en plus en confiance avec elle, et il avait l'impression qu'il en allait de même pour elle. Elle plaisantait avec lui de temps en temps, et, son aise aidant, il finit par presque oublier leur différence de statut. Bien qu'il lui montrât toujours du respect, il savait qu'elle voyait en lui un partenaire plus qu'un serviteur. Parfois, son fils était là. Elle l'appelait Gwyll, mais il avait compris que son nom était Gwalbrevil. Le prince

Gwalbrevil... Il ressemblait à sa mère, en un sens. Il avait les mêmes yeux gris, et les mêmes cheveux noirs en tout cas. C'était tout ce qu'il était capable de reconnaître chez un enfant de cet âge. Quoi qu'il en fût, sans qu'il ne sache vraiment pourquoi, il ne l'aimait pas beaucoup. Peut-être était-ce le fait qu'il dérangeât ses réunions avec la reine ? Ou bien il n'aimait pas les enfants en bas âge ? Il n'en savait rien.

Gwalbrevil, lui, semblait aimer venir lui tirer sur les chausses pour se maintenir debout. Sans sa ceinture, le prince aurait exposé les dessous du scribe à Remya à de multiples reprises. Et la reine s'attendrissait de ces scènes.

— Il t'aime bien, lui dit-elle une fois. On dirait qu'il t'offre sa confiance, comme je l'ai fait.
— J'avoue ne pas bien savoir quoi faire de sa confiance... dit-il, embarrassé.
— La même chose que de la mienne... Ne la déçois pas, et tout se passera bien.

Elle ébouriffa les cheveux de son fils et offrit un sourire à Detras. Il lui rendit son sourire. Il aimait qu'elle lui dise qu'elle lui faisait confiance. Et... cela l'aidait à accepter la présence du prince. Elle se montrait d'autant plus tendre lorsqu'il était là, comme pour lui offrir un modèle de douceur. C'était peut-être d'ailleurs pour cela que Gwalbrevil se révélait si prompt à lui offrir de l'affection. Quoi qu'il en fût, cela ne les empêchait pas d'avancer sur leur ensemble de lois à proposer au roi. Ils n'étaient que ralentis, et cela donnait lieu à des conversations plus personnelles entre Remya et Detras qui, finalement, ne lui déplaisaient pas.

Zok se fit discret la majorité du temps. Il ne s'adressa à son frère que lorsqu'il était seul, en général le soir, après les parties de Sort Suprême. Zok se montrait plus taquin sous sa forme spirituelle. Detras ne s'expliquait pas ce changement de comportement, il l'acceptait simplement comme un fait, au même titre que l'existence du fantôme. Il était là, il se moquait un peu, soit. L'important était qu'il ne le dérangeât pas lorsqu'il était occupé. Mais il lui rappelait que même pour son objectif, Deistraz ne se serait jamais laissé dominer par des nobles. Mais Deistraz n'était plus, ne restait que Detras, et si son projet d'aider les plus démunis ne changeait pas, les méthodes qu'il utilisait étaient différentes. Enfin, au fond, il ne rejetait pas l'idée de réutiliser des méthodes identiques si les changements n'opéraient pas. Mais pour le moment, il n'avait aucune raison de partir de ce principe, au contraire. Il ne désirait pas faire de mal à la reine. Au roi, à la limite, ça ne le dérangeait pas, mais pas à Remya.

Un soir, alors qu'il jouait au Sort Suprême avec ses compagnons de jeu habituels, dont il avait appris qu'ils s'appelaient Hildon, Donsor et Koaldim, le roi et la reine pénétrèrent dans le grand hall où avaient lieu les activités. Tout le monde se figea, et l'instant d'après, chacun se courbait devant les arrivants.

— Ne faites pas attention, dit le roi, vaquez à vos occupations, nous ne venons pas quérir vos services. Simplement nous reposer avec vous.

Le vieux conteur reprit alors son histoire, et Koaldim joua son coup. Il réalisa la figure du Crabe, qui valait treize points, et sourit à Detras.

— Ça fait cent-deux points à soixante-quatorze. J'ai gagné, mais tu as encore progressé. Tu prévois mieux les coups. Cela dit, tu aurais pu me complexifier la tâche en ramenant ce pion en arrière plutôt qu'en faisant avancer ton spécial. C'est ce qui m'a permis de passer entre les mailles du filet. Parfois, il vaut mieux retarder le placement d'un pion et la finalisation d'une figure pour empêcher l'autre de marquer des points.

— J'y penserai, dit Detras en hochant la tête, alors que le couple royal s'approchait d'eux.

— Puis-je faire une partie ? demanda le roi.

— Bien sûr, dit Hildon, si cela vous convient, jouez donc avec Detras, il apprend vite, ce devrait être un bon adversaire pour vous, Majesté.

— Très bien !

Il s'installa en face du scribe, et la partie commença. Detras ne savait pas encore trop comment deviner qui avait l'avantage, mais il avait l'impression de bien s'en sortir, quand le roi annonça une figure qu'il n'avait pas encore retenue. Le Joyau rapportait peu de points, mais c'était déjà un avantage. La manche suivante se déroula de la même façon, Detras avait l'impression de mener, mais le roi réussit à placer ses pions astucieusement et à réaliser une figure à l'insu de son serviteur. Le tout en discutant avec la reine, au plus grand déplaisir de Detras qui se sentait tout bonnement humilié. Mais rien n'était joué. Krezac n'avait que vingt-quatre points, il fallait en atteindre cent pour gagner.

Si Hildon avait dit qu'il était un bon adversaire, c'était qu'il estimait que Detras avait ses chances. Il devait seulement se concentrer et ne pas prêter attention à ce que disait le roi. La manche suivante fut plus serrée. À plusieurs reprises, une spéciale repoussait un pion in extremis, et le jeu s'éternisa un peu. Mais Detras finit par prendre l'avantage avec une figure qui se voulait simple, le Serviteur. Krezac fit une remarque sur l'ironie de la situation qui voulait que le Serviteur ait battu le roi, et

Detras sourit à la plaisanterie. Il ne réalisait vraisemblablement pas que son serviteur avait effectivement failli renverser le roi de Sonne quelques semaines auparavant. Mais la partie devait continuer.

Avec un peu de concentration, Detras arrivait à tenir le roi, mais celui-ci garda un certain avantage dans toute la partie, jusqu'à arriver à quatre-vingt-dix-sept points à soixante-dix-huit. Toutes les figures pouvaient apporter au roi la victoire. Il fallait être très prudent. Krezac ne parlait plus. Il se concentrait en tirant sur sa barbe. La reine observait calmement, intéressée par l'issue de la partie. Elle avait expliqué connaître le jeu, mais ne pas y jouer, car elle était mauvaise perdante. Detras lui adressa un coup d'œil rapide, et eut l'impression qu'elle l'encourageait du regard. Il prit une longue inspiration et joua son coup. La réponse du roi fut presque instantanée. C'était déstabilisant. Il ne fallait pas qu'il se fît avoir. Il réfléchit calmement, et, réalisant la figure que faisait son adversaire, il put répondre par un coup de pion astucieux. Le visage du roi se décomposa un instant, mais il répondit rapidement à nouveau. La manche continua ainsi pendant près d'une vingtaine de coups. Et finalement, Detras annonça :

— La Dame ! Vingt-quatre points.

— Oh, fit le roi. Cela faisait longtemps que je n'avais pas vu une Dame sortir... Je l'avais presque oubliée... Bien joué, Detras. Si je compte bien, ça fait... cent-deux points à quatre-vingt-dix-sept. C'est une belle victoire, et une belle défaite pour moi. Tu avais raison, Hildon, c'est un bon adversaire ! Rejouons bientôt, Detras, si tu le veux bien.

— Bien sûr, Majesté.

Remya souriait, une lueur pétillante dans le regard, et présenta elle aussi ses félicitations à Detras. Ce dernier eut une impression étrange, un sentiment fourbe s'empara de lui. Ce regard... Et si... non, ce n'était pas possible. C'était la reine de Helbbel, pas n'importe quelle fille des rues. Mais il eut beau chasser l'idée, elle revenait encore et encore, jusqu'à ce qu'il s'endormit le soir. Et si... Et si la reine le désirait ?

XI — Désir

*

Nous en avons appris plus sur Firold, aussi appelé le Bâtard. Il se revendique le rejeton non reconnu de Rowan, comte de Jakis. Il nous est difficile d'attester de la véracité de ces propos, cependant, lorsque nous avons, dans le secret, confronté le comte, il nous a semblé troublé. Il n'est pas absurde de penser que ce criminel a une ascendance noble. Il faudra traiter l'affaire avec la plus grande discrétion. Si nous devons agir, mieux vaut le faire disparaître que de l'exécuter sur la place publique.

Rapport anonyme

*

— D'or à la fasce d'argent, au pairle de sable et au lion rampant contourné de gueules, récita Detras.
— Qui est... encouragea le précepteur.
— Qui est du comté de Porask.
— Très bien. Tu commences enfin à les retenir !

Il fut interrompu par l'entrée de l'Aikdhekor, qui ne prit même pas la peine de saluer qui que ce fût. Il ordonna à Detras de le suivre, et sortit de la salle d'études aussi vite qu'il y était rentré. Detras se précipita derrière lui, trop heureux d'échapper à son apprentissage de l'héraldique de Helbbel, mais aussi intrigué par ce que lui voulait l'Aikdhekor. Celui-ci resta silencieux jusqu'aux cuisines, où il prit un morceau de pain et de fromage, intima au jeune homme de faire de même, et se remit en route vers son bureau. Cette fois-ci, sur le chemin, il commença à expliquer :

— On va se servir de tes connaissances du crime organisé. Un coffre d'or destiné à la rénovation du Siège des Chasseurs d'Argent a été dérobé. C'est le coffre de trop. On suspecte le Bâtard, un des criminels les plus influents de la ville, si ce n'est le plus influent. Seulement, si nous savons qui il est, cela fait plusieurs mois que nous n'arrivons pas à mettre la main dessus. De plus, il se fait passer pour le fils caché d'un comte, ce qui ajoute un côté politique à l'affaire. C'est délicat.

La Couronne ne doit pas avoir l'air de soutenir la décision d'un comte de ne pas reconnaître son enfant. Ce serait contraire à l'éthique. Tu comprends ?

— Je crois que oui.

— Très bien. Je compte sur toi pour trouver un moyen d'accéder à lui. Dorénavant, ce sera ton activité principale du matin. Je n'ai pas eu l'autorisation de récupérer tes après-midi auprès de la reine. Tu conserveras donc ton rôle de scribe. Mais tu es désormais aussi enquêteur pour mon compte. C'est clair ?

— Oui, Aikdhekor.

— As-tu une idée de par où commencer ?

— Je... je crois bien que oui. Il me faudra juste quelques pièces...

*

— Tu as l'air préoccupé ? dit soudain la reine. Tout va bien ?

— Désolé, l'Aikdhekor m'a chargé d'une mission et ça occupe une bonne partie de mon esprit. Mais je vais me concentrer, c'est promis.

— Tu prends à cœur les missions que l'on te donne... C'est bien. Je sais que je ne te le dis pas souvent, mais je te suis reconnaissante de m'aider dans mon projet.

— Je suis heureux de pouvoir vous aider. C'est une belle façon d'atteindre mon objectif de toujours.

— Je veux tout de même te remercier. Que puis-je faire pour cela ?

Une idée vint à Detras, mais il la repoussa. Elle ne pouvait pas le désirer, et lui n'avait pas le *droit* de la désirer. Il se gratta l'arrière de la tête en réfléchissant.

— Puis-je... vous poser une question ? demanda-t-il enfin.

— Bien sûr !

— Pourquoi vous souciez-vous tant du sort des pauvres ? Sans vouloir vous offenser, vous... ne faites pas partie du même monde. Vous pourriez faire comme tous les autres nobles et ignorer la misère...

— Eh bien non, répondit-elle simplement, un sourire aux lèvres. Je ne peux pas, je n'y arrive pas, et ce depuis que je suis enfant. Lorsque je n'étais que la fille du comte de Laminsi... Laminsi est le comté maritime au sud-est du pays... Lorsque j'y étais, j'ai vu une énorme disparité entre d'un côté les marchands et les négociants, qui gagnaient une masse d'or considérable, et de l'autre les pêcheurs qui, parfois, en venaient jusqu'à se disputer pour savoir qui avait le droit de pêcher sur un point particulier pour gagner de quoi vivre. Un jour, un mendiant a été chassé de la route sous mes yeux. J'ai pleuré, tant et si bien que quand ma mère a compris la cause de mon chagrin, nous sommes revenus en arrière pour retrouver le miséreux et lui donner quelques pièces. Je crains pourtant que cela n'ait pas suffi à le sauver de la mendicité... Je suis touchée par le malheur que les nécessiteux vivent, et je veux les en sauver.

Detras, la bouche légèrement entrouverte de surprise, n'en revenait pas. Remya agissait par pure bonté de cœur. Elle n'était pas issue d'une maison décadente qui aurait connu une forme de pauvreté, comme il l'aurait imaginé. Elle n'avait pas un parent proche qui avait tout perdu et s'était retrouvé sans le sou. Non. Elle avait simplement vu la pauvreté, et cela l'avait révoltée. La reine poussa délicatement sur son menton pour lui refermer la bouche et émit un léger gloussement. Elle avait la main si douce... C'était la première fois qu'une femme lui touchait le visage. Cette pensée, unie à la gêne de n'avoir pu contenir sa surprise, empourpra son visage. Remya dut le remarquer, car elle eut un regard attendri. Elle reprit son discours.

— J'ai cru comprendre que tu avais toi-même grandi dans la misère, mais à dire vrai, je ne sais pas vraiment ce qui te pousse à lutter contre la pauvreté des autres non plus.
— C'est... C'est vrai que nous n'en avons pas parlé, se reprit-il. Mon veig s'est retrouvé en Sonne après que les frontières de Kemn ont été repoussées il y a des années. Mes parents ont été tués quand j'avais neuf ans, et j'ai été recueilli par un elfe du nom de Jelkim. Il m'a élevé comme si j'étais son fils. Mais un jour,

alors que j'avais quatorze ans, il a été tué par un voleur. Avant de mourir, il m'a dit que les réels coupables étaient les riches. C'est pourquoi j'ai voulu leur prendre leurs biens pour les donner aux pauvres. Pour que plus jamais cette situation ne se produise.

— C'est si jeune pour devoir prendre ce genre de décision... Et tu as survécu tout seul depuis tes quatorze ans ?

— Oui et non. Après quelques années, j'ai formé une bande. Donc on peut dire que je n'étais plus seul. J'ai considéré un de mes hommes comme mon frère. Mais il a été puni de mort pour avoir tué la reine de Sonne.

— Je suis désolée... je ne pensais pas que tu avais vécu tout cela...

Elle l'étreignit. Surpris par son geste, il ne sut comment réagir. Le contact était agréable. C'était doux, comme du miel. Il répondit finalement à l'étreinte, et il la sentit se laisser aller contre lui. Ils restèrent ainsi pendant de longues secondes, l'un contre l'autre. Lorsque Remya se recula finalement, elle avait les yeux rougis par des larmes discrètes. Du pouce, il en essuya une. Il avait conscience que ses mains étaient calleuses, du fait de l'utilisation régulière qu'il avait eue de son épée. Sa peau n'avait pas la douceur de celle de la reine. Mais malgré tout, son geste sembla lui faire plaisir, car elle lui offrit un sourire.

— Désolée, je suis peut-être un peu trop sensible... dit-elle.
— Il n'y a pas de mal... Je suis touché que mon histoire vous fasse cet effet.
— C'est une histoire bien triste... Mais au moins elle m'a permis de te rencontrer. C'est sans doute un peu égoïste, mais j'admets être heureuse de te connaître.
— Le plaisir est partagé. Et puis... Vous m'offrez le moyen d'accomplir mon rêve d'une façon... légale. Alors j'admets que même si certaines parties de mon passé sont douloureuses, je ne regrette pas de les avoir vécues.
— J'ai quelques années de plus que toi, et tu as pourtant vécu tant de choses que je ne vivrai sans

doute jamais...

Elle s'interrompit pour tousser dans un mouchoir. La quinte était puissante, assez pour surprendre Detras. Et il vit alors, dans le mouchoir, une trace rouge. La reine dut remarquer son inquiétude, car à nouveau elle lui offrit un sourire réconfortant.

— Ce n'est rien, ça m'arrive de temps en temps, depuis que je suis toute petite. Je ne mourrai pas d'une simple toux !

Elle lui fit un clin d'œil complice et proposa qu'ils se remissent au travail. Detras hocha la tête, perplexe. Après tout, si elle le disait, il n'y avait sans doute pas lieu de s'inquiéter...

*

Il s'approcha d'un groupe de gardes. L'entraînement était terminé, mais il n'avait pas encore rendu son épée. Il s'éclaircit la voix pour faire remarquer sa présence, et, alors que le groupe se tournait vers lui, il commença :

— Qui pour un duel ? Je parie six pièces d'argent sur

ma victoire.

— Six pièces d'argent ? C'est notre solde de la semaine, fit remarquer l'un d'eux.

— Il doit bien y en avoir à qui ça ne fait pas peur, dit-il en souriant.

Il comptait ainsi trouver quelqu'un qui ne serait pas impressionné par la somme d'argent, quelqu'un qui aurait d'autres revenus... et ce quelqu'un mordit à l'hameçon.

— C'est six pièces d'argent facile ! Je prends !

Ils se placèrent l'un en face de l'autre, épée au clair. Le garde attendait que Detras attaque. Il ne se fit pas prier. Il estoqua droit vers le cœur, dans le but de tester la garde de son adversaire. Celui-ci para sans difficulté et tenta de répondre de la même façon. Detras se décala sur le côté et glissa sa lame contre celle du soldat. Il fit un pas en avant, et lui donna un coup d'épaule pour le déstabiliser. Le garde n'était pas mauvais. Il fit un pas rapide en arrière pour se rééquilibrer. Mais Detras était meilleur. Il bondit en avant pour rester au corps à corps, et saisit le bras de son adversaire tout en calant le fil de son épée contre sa gorge.

— Six pièces d'argent, donc ! dit-il d'un ton amusé.

Le garde hocha la tête et paya. Detras s'inclina et proposa de remettre le couvert le lendemain. L'homme répondit qu'il verrait, que le combat avait été intéressant, et qu'il espérait le voir se battre contre d'autres soldats. Detras suivit le regard de sa victime, et aperçut le garde qu'il avait battu sur le pont du Sagace. Leurs yeux se croisèrent, et un sourire se dessina sur chacun de leurs visages. Ils se toisèrent ainsi quelques secondes, avant que l'autre dût répondre à un de ses compères. Le lendemain serait intéressant...

*

Le roi entra dans la chambre de la reine. Detras cessa d'écrire, se leva, et s'inclina. D'un geste de la main, Krezac lui fit signe de se rasseoir. Il s'approcha de Remya et lui baisa la main. La reine sourit et lui demanda :

— Qu'est-ce qui t'amène ici, Krezac ?

— Je me lassais des nobles, j'avais envie de voir un visage aimé. Mais je vois que je te dérange. Tu travaillais avec Detras ?

— Tout à fait. Nous travaillons sur des propositions de lois que je te soumettrai plus tard. Pour le moment ce n'est pas prêt alors... Je préfère le garder pour moi.

— Et Detras écrit tout cela ?

— Il m'aide à plusieurs niveaux. Mais oui, c'est lui qui écrit.

— Il t'est utile, alors. C'est bien.

Il se tourna vers Detras et lui offrit un sourire bienveillant.

— Je suis content de voir que tes talents sont utilisés. Cette vie te plaît-elle ?

— Je crois bien que oui, Majesté. Je me sens utile, et je peux faire quelque chose de positif. J'ai le privilège de travailler à la fois pour la reine et pour l'Aikdhekor. J'ai même pu faire une partie de Sort Suprême avec vous... Je ne crois pas pouvoir espérer mieux.

— Peut-être nous affronterons-nous encore à

l'avenir ! Ce serait un plaisir. J'apprécie de jouer au Sort Suprême, et tu es un adversaire à ma mesure. Ne deviens pas trop fort entre temps !

Il rit doucement et se retourna vers sa dame. Puis il lui caressa le visage et soupira, expliquant que son devoir l'appelait et qu'il ne pouvait rester plus longtemps. Il prit congé, et Detras reprit sa plume en main. Mais la reine lui demanda :

— Que penses-tu de lui ?
— Du roi ? Je ne sais pas trop... Il me paraît bienveillant, et plutôt sage. Je crois qu'il vous aime.
— Tu crois seulement ? Il me semble que le monde entier est au fait de son amour pour moi... soupira-t-elle.
— Et... ça ne vous fait pas plaisir ?
— Ce n'est pas ça... Mais... puis-je te dire un secret ?
— Bien sûr... Si vous m'accordez votre confiance, je ne saurais la trahir.
— Je n'ai guère d'affection pour Krezac. Enfin... Je serais heureuse d'être son amie, ou même sa

confidente, mais... Il me donne plus d'amour que je ne suis capable d'en ressentir pour lui. Nous avons été mariés par le vœu de nos parents, et ni lui ni moi n'avons eu notre mot à dire. Mais il semble qu'il le vive mieux que moi. Il m'a cependant offert le trésor le plus précieux que j'aie : mon fils, Gwyll... Alors ne devrais-je pas lui être reconnaissante ? Pourtant je ne puis lui offrir ce qu'il attend de moi. Mon cœur lui reste fermé... Tu dois me juger une bien mauvaise épouse à présent.

— Je me garde bien de vous juger. Vous n'avez jamais eu le choix, à votre place, je ne sais si je saurais faire mieux.

— As-tu eu plus de chance que moi ? Oh, suis-je bête... Si c'est le cas, nous t'avons arraché à la personne que tu aimais...

— Non, n'ayez crainte, vous ne m'avez arraché à personne... Je n'ai jamais... Enfin, je n'ai pas eu le temps de m'attacher à quiconque, si ce n'est celui que j'appelais mon frère. Mais... Nous ne parlons pas là du même attachement.

— Tu n'as jamais connu d'amourettes ?

— Jamais... Est-ce... grave ?

— Non, c'est juste... surprenant. Tu es un bel homme, plein de talent. J'aurais cru que tu aurais au moins eu quelqu'un à un moment...

— Je suis... un bel homme ?

Il ne s'était jamais vraiment vu ainsi. L'idée qu'elle le trouvât désirable revint en force, incontrôlable. Ses joues rosirent. La reine eut un léger sourire et répondit :

— J'imagine que personne n'a eu l'occasion de te le dire avant... Alors oui, Detras, tu es un bel homme. Et je trouve un peu triste que personne n'ait pu te le montrer.

— Je... vous remercie... C'est un compliment que... que je n'attendais pas...

— Il te déplaît ?

— Non... Je... ne sais juste pas comment vous remercier.

— Alors, offre-moi une faveur ! dit-elle d'un ton

amusé.

— Une faveur ? Bien sûr ! Vous pouvez me demander ce que vous voulez ! Je suis votre humble serviteur !

— Alors, humble serviteur... Ferme les yeux.

Elle avait détourné le regard, aussi Detras ne put lire ce qu'elle y cachait. Lui était circonspect, mais il s'exécuta. Les paupières closes, il attendit que sa reine lui donnât un ordre. Quelle ne fut pas sa surprise lorsqu'il sentit la chaleur des lèvres de Remya sur les siennes ! Il n'osa d'abord pas bouger. Puis, il posa délicatement la main sur la hanche de la reine. Le baiser se termina. Il rouvrit les yeux, et réalisa qu'il s'était de nouveau empourpré. Il retira sa main de la taille de la dame, mais Remya la retint et vint étreindre le jeune homme. Detras n'en revenait pas. Elle le désirait... C'était sûr à présent.

Leur proximité révéla à la reine la pensée du scribe. Elle eut un rire qui ne le rassura pas, mais lorsque sa main vint trouver et défaire sa ceinture, il ne put s'empêcher de soupirer de soulagement. Elle s'occupa de lui comme il n'en avait jamais rêvé. Elle était douce, mais elle savait ce qu'elle faisait. À aucun moment Detras ne cessa de ressentir du plaisir. Et lorsqu'elle eut fini, une seule chose lui courait en tête. Il voulait lui rendre la pareille. La reine lui facilita le travail. Elle était belle, dans son plus simple appareil... Les vergetures de sa grossesse passée n'entachaient pas l'image merveilleuse qu'elle renvoyait. Elle s'allongea sur son lit, et, découvrant pour la première fois l'intimité de quelqu'un d'autre, il s'essaya à lui faire plaisir. Elle soupira d'aise, et parfois, un léger gémissement s'échappait de ses lèvres. C'était le signal qu'il suivait. Elle mit son bras sur sa bouche pour ne pas faire de bruit, mais il l'entendait tout de même. Et lorsqu'elle repoussa sa tête pour qu'il arrête, il comprit que ce n'était pas terminé.

Ils s'embrassèrent, longuement, et elle le conduisit en elle. Une sensation de chaleur s'empara de lui. Ce fut elle qui bougea en premier. Mais il ne resta pas immobile. Leur danse ne s'éternisa pas et très vite, il sentit que quelque chose sortait de lui pour aller se loger en elle. Cela devait être normal, car elle s'accrocha à lui pour l'empêcher de partir. Il se laissa aller et l'embrassa de nouveau. Elle lui caressa le visage, le torse, puis la cuisse. Il se sentait si bien... Et elle semblait se sentir bien aussi. Finalement, elle le libéra de son étreinte et l'invita à se coucher à son côté. Ils ne parlèrent pas. Ils se contentèrent de s'enlacer.

Après un moment, la reine dit finalement :

— Peut-être faut-il que nous nous rhabillions... Le temps passe et je crains que l'on nous découvre ainsi...
— Bien sûr... Vous avez raison.

Ils se levèrent et s'habillèrent, non sans quelques regards l'un à l'autre, pour profiter des derniers instants de nudité. Ils s'embrassèrent ensuite une ultime fois, avant que Detras ne s'en allât. Il n'en revenait pas. Ce moment avait été incroyable. Et pourtant, il était arrivé. Ce devait à tout prix rester un secret... La voix de Zok siffla à son oreille.

— C'est donc cela qu'on appelle devenir un homme... Espérons que ça n'ait jamais de conséquences...

XII — Infiltration

*

Il est intéressant de constater qu'il s'est investi dans toutes ses tâches immédiatement. Je pense qu'il avait soif d'être utile et que se retrouver à mon service et à celui de la reine a satisfait cette soif. De même, il n'a pas hésité une seconde à me proposer un plan pour démasquer le Bâtard. Un plan audacieux, qui le mettait directement au centre de l'attention. De quoi faire de lui une cible privilégiée. Pourtant, il semble persuadé de pouvoir réussir. Et j'admets que je le crois volontiers.

Journal intime de l'Aikdhekor Jazor

*

Il toucha son adversaire à la main, et celui-ci, sous l'effet de la douleur, lâcha son épée. Detras sourit. Il avait gagné. Il empocha ses six pièces d'argent, et quelqu'un s'écarta d'un groupe et s'approcha, l'épée dehors. C'était le garde qui l'avait attaqué sur le navire.

— Une pièce d'or que je te bats, annonça-t-il. Je ne

perdrai pas contre toi à l'épée ! Foi de B...

— Alors, approche ! coupa Detras en menaçant d'un coup de taille.

Le soldat avait rougi d'exaspération, mais avait paré l'attaque. Rien d'étonnant, cependant, car elle n'avait vocation qu'à être un avertissement. Le combat fit rage. Taille, taille, estoc, taille. Mais Detras restait plus prudent qu'il ne passait à l'offensive. Il jaugeait son adversaire. Et au moment qu'il jugea opportun, il esquiva sur le côté, et fit un croc-en-jambe au garde. Celui-ci trébucha, mais se releva d'un bond. Le combat n'était pas fini. Mais la stratégie de Detras se révéla payante : il s'énervait, et on fait plus d'erreurs lorsqu'on est en colère. Et en effet, il commit plusieurs erreurs, que le scribe punit à chaque fois. Il réussit une touche sur ses côtes, une à l'épaule, une à la jambe. Si son épée n'avait pas été émoussée, le combat serait terminé. Mais son adversaire continuait d'attaquer.

D'un geste rapide, il esquiva un estoc qui passa au-dessus de son épaule, et il s'approcha par en dessous.

Son épaule repoussa le bras de l'homme au nom en B, et il arrêta sa lame au niveau de l'entrejambe. L'autre lâcha son épée et concéda la victoire, sûrement conscient que son entêtement serait ridicule, ou alors poussé par son instinct. Après quelques railleries de ses compères, l'un d'eux vint payer la pièce d'or.

— T'es doué ! lui lança-t-il.

— Merci, répondit Detras, d'un air plus amical qu'il ne l'était vraiment. J'espère ne pas avoir trop amoché votre ami.

— Oh, ne t'inquiète donc pas pour lui, ça lui fait les pieds.

— Je vous offre à boire ? C'est ma tournée, je pense avoir gagné assez aujourd'hui pour me le permettre.

— Pas le temps pour le moment, on a du travail. Mais ce soir, viens au Repos du Géant, on y sera !

— Très bien, à ce soir alors !

*

Le soleil se couchait sur la basse-ville. Il n'avait pas vu la reine... Elle avait été occupée à d'autres affaires. Qu'il lui tardait de la revoir ! Il repensait sans cesse à ce qu'il s'était passé la veille. La sensation de sa peau, la chaleur de son corps... Rien de tout cela n'était vraisemblable, et pourtant il savait qu'il n'avait pas rêvé. Il avait envie de l'embrasser, de sentir encore ses lèvres contre les siennes. Il brûlait de désir, comme aucune flamme ne l'avait jamais habité. Mais il lui fallait se réfréner, se contenir. Nul ne devait jamais connaître ses sentiments pour la reine Remya. Il secoua la tête pour essayer de chasser l'image de la dame de son esprit. Il lui fallait se concentrer.

L'auberge était presque pleine quand Detras y pénétra, armé d'une épée prêtée pour l'occasion par l'Aikdhekor. S'il était assez fou pour se lancer en quête du Bâtard seul, il ne l'était pas assez pour le faire désarmé. Il repéra ceux à qui il avait promis un verre, dans un coin de la taverne, proche de la cheminée, sous les escaliers qui devaient mener aux chambres. Il s'approcha, et vit qu'il y avait d'autres camarades de beuverie avec eux. Ce n'étaient visiblement pas des gardes, mais des débardeurs, et, avec un peu de chance, des voyous.

D'un geste, il attira l'attention de celui avec qui il avait discuté. On lui fit une place, et avant même de s'asseoir, Detras commanda une tournée de bières. Il fut accueilli presque aussi chaudement que ladite tournée.

— Alors comme ça t'es pas mauvais à l'épée ! Il paraît qu'il vaut mieux pas t'affronter ! dit l'un des débardeurs, qui semblait être le chef de la bande.

— Il paraît, sourit Detras. J'aime à croire que je me défends bien.

— Il paraît que tu viens de Sonne, que tu travailles au château, certains disent même que tu côtoies la reine !

— C'est vrai, reprit-il avec un ton plus froid qu'il ne l'aurait voulu. Je suis son scribe.

— Et ça paie bien ?

— Disons que ça suffit pour vivre. Mais... J'aimerais me diversifier. Là où j'étais avant, je gagnais de l'or, beaucoup d'or. Et j'admets que ça me manque.

— Ah ouais ? Tu gagnais de l'or ? Et comment faisais-tu ?

— Tu ne me croiras pas.

— Dis toujours !

— J'étais un brigand. Je volais aux nobles, et je revendais leurs cargaisons au plus offrant.

— À ton âge ? Vraiment ?

— Je t'avais dit que tu ne me croirais pas.

— Écoute, si tu es aussi doué qu'on le dit, j'ai peut-être un plan pour toi.

Detras sourit à pleines dents, intéressé. Tout se passait comme il l'avait prévu. Son talent à l'épée serait sans doute mis à l'épreuve à nouveau, cette fois de façon plus dangereuse. Mais il se rapprochait de son objectif. Il devait toutefois s'assurer que celui pour qui on lui proposait de travailler était bien le Bâtard.

— Je t'écoute !

— Ici, on bosse tous pour un gars. Ouais, même les gardes. Un gars balèze. Le genre qui fait s'agiter la noblesse comme un poisson frétille hors de l'eau.

— Un gars ? Il va falloir m'en dire plus que ça.

— On l'appelle le Bâtard, parce que c'est le bâtard du comte de Jakis.

— Et vous faites quel genre de boulots ?

— Du genre qui rapporte. On chope des objets de valeur, ou des coffres de pièces d'or qui transitent. Ensuite, le Bâtard nous refile une part. Il est honnête dans ce qu'il nous donne. Foi de Solak. Je suis sûr qu'il serait heureux de te rencontrer.

— Le plaisir serait partagé, affirma Detras.

— Alors, reviens ici demain. Je ferai en sorte que tu sois... accueilli.

La conversation fut ainsi close. Il savait très bien ce que cela voulait dire. C'était un avertissement. Il le prévenait que sa mise à l'épreuve aurait lieu dès le lendemain. Il avait intérêt à être au meilleur de sa forme. Ce serait sûrement rude, et il lui faudrait toute sa concentration et toute son énergie. Detras se leva, salua l'assemblée et se retira. Il marcha jusqu'au château, où l'Aikdhekor attendait qu'il rentrât devant la herse, au grand désarroi des gardes de faction. Jazor, impatient, n'attendit pas qu'ils atteignissent son bureau pour lui demander un rapport.

— J'ai trouvé des gardes qui travaillent pour le Bâtard. J'ai bu un verre avec eux et des débardeurs dans une auberge du nom du Repos du Géant.
— Oui, je vois très bien où c'est. C'est pourtant assez bien famé.
— Je ne saurais le dire. Toujours est-il qu'ils semblent s'y réunir régulièrement. J'ai rendez-vous demain pour être... testé. Je vais sans doute devoir me battre, peut-être être blessé.
— Te faut-il du renfort ?
— Ce serait une mauvaise idée. Le Bâtard verrait la manœuvre à des lieues, s'il n'est pas une simple brute. Et je ne crois pas qu'il en soit une. Ses hommes le respectent plus qu'ils ne le craignent. Ce doit être un bon dirigeant.
— Très bien... Dans ce cas, je te laisserai te faire blesser si c'est nécessaire. Mais ne te fais pas tuer.
— Je n'en ai pas l'intention. Ce ne sera pas mon

premier essai à ce jeu. Je devrais m'en tirer. Le but sera avant tout de vérifier que je sais me battre, et de s'assurer que je ne suis pas un couard. J'ai bon espoir de m'en sortir plutôt bien. On ne devient pas le plus puissant criminel de Kolkar sans savoir se sortir de ce genre de situations.

— Je te crois sur parole.

— J'ai cependant une question...

— Je t'écoute, Detras ?

— Lorsque j'aurai trouvé le Bâtard... Faudra-t-il que je gagne sa confiance ? Que je l'amadoue pour obtenir plus d'informations à son sujet ? Que je le tue sur-le-champ ? Que dois-je faire exactement ?

— C'est une question légitime. Pour le moment, essaie de faire en sorte qu'il t'ait à la bonne. Tant que je n'ai pas statué sur le sort que je lui réserve, il faut qu'on le tienne à portée de bras. Je peux compter sur toi ?

— Assurément. D'ici une semaine, peut-être deux, je serai l'atout qu'il voudra garder dans sa manche. Et alors, quelle que soit votre décision le concernant, il sera à notre merci.

— Parfait. Tu peux disposer, Detras. Bon travail.

— Merci, Aikdhekor.

Il sortit du bureau, et se rendit directement à ses quartiers. Il était un peu tard, déjà, et le lendemain serait sans doute une longue journée. Une très longue journée... Mais avec un peu de chance, il verrait la reine ! C'est avec cette douce idée qu'il se mit au lit, et avec le visage de Remya en tête, il s'endormit.

*

— Désolée pour hier, dit-elle d'une voix douce. Je voulais te prévenir la veille, mais... avec ce qu'il s'est passé... ça m'est sorti de l'esprit.

— Il n'y a pas de mal, ma Reine, répondit Detras en s'empourprant. Même si j'admets volontiers que je suis heureux de vous revoir.

— Je suis heureuse aussi, Detras... Très heureuse...

Elle s'approcha de lui, et déposa un doux baiser sur ses lèvres. Il songea que les siennes avaient un goût fruité.

Qu'il était chanceux de pouvoir ainsi goûter aux lèvres de Remya ! Il était celui qu'elle avait choisi. Il avait beau le vivre, il n'en revenait pas. Il l'étreignit, et elle eut un petit rire avant de se blottir contre lui. Elle soupira d'aise alors qu'il respirait l'odeur de ses cheveux. Elle était à peine plus petite que lui. Si elle se mettait sur la pointe des pieds, elle pouvait l'embrasser sans relever la tête. Il n'eut pas à l'imaginer, car c'est précisément ce qu'elle fit. Il passa la main dans ses cheveux noir de jais, qui ondulaient en cascade jusqu'au creux de ses reins. Elle ne portait pas de diadème, comme à chaque fois qu'il venait. Par Bheldhéis, qu'il la désirait ! Qu'il souhaitait qu'elle gémît grâce à lui, qu'elle se mordît la lèvre sous l'effet du plaisir, qu'elle griffât son dos tant elle perdrait le contrôle de ses mouvements... Il vint murmurer à son oreille et le lui dit.

— Ce ne serait pas très sage, répondit-elle sur le même ton. Mais... Je ne crois pas être quelqu'un de sage...

Elle l'embrassa de nouveau, et ils dansèrent, comme ils le désiraient tous les deux. Et lorsqu'il s'écoula en elle, il la sentit trembler, prise de spasmes. Mais avant qu'il ne pût s'inquiéter, elle se serra affectueusement contre lui. Il ne sortit d'elle que quelques instants plus tard, alors qu'elle-même le repoussait doucement.

— Detras... M'aimes-tu ? demanda-t-elle soudain.

L'interrogation le laissa sans voix. Savait-il seulement ce qu'aimer quelqu'un signifiait ? La question était difficile. Mais il tenta d'en faire le tour tout de même. Il appréciait être avec elle. Il s'était attaché à elle. Il aimait sa voix, il aimait ses yeux, il aimait ses cheveux. Mais tout cela, ce n'était que la partie visible d'un tout immense. Il réalisa alors. Ce n'était pas qu'il aimait ce à quoi elle ressemblait. Non pas qu'elle lui déplût, au contraire. Mais si elle lui plaisait, c'était précisément parce qu'elle était Remya. Il aimait cette compassion qui l'animait. Il aimait sa douceur. Il aimait sa quiétude. Il aimait sa bonté. Mais il aimait aussi qu'elle acceptât de ne pas tout savoir, qu'elle fît appel à lui pour l'aider dans son entreprise. En vérité, tout en elle suscitait chez lui une admiration sans bornes. L'aimait-il ?

— Il serait fou de croire que je puisse ne pas vous aimer, ma Reine.

— Et il serait tout aussi fou de croire que je puisse ne pas t'aimer...

Il ne sut quoi répondre. Elle l'aimait aussi ? Qu'elle le désirât était une chose. Mais... qu'elle l'aimât ? Lui, le criminel réduit en esclavage par le roi qu'il n'avait su tuer ? Un simple scribe à son service ? Elle l'aimait... *Elle l'aimait...* Il se répéta cette information, comme pour s'en convaincre. La reine dut s'en rendre compte, car elle vint lui offrir un baiser. Elle embrassa ensuite son torse, puis son ventre. Déjà, il sentait la vigueur lui revenir. Ses lèvres étaient si chaudes... Cette fois, elle le chevaucha. Et une fois de plus, il versa son énergie en elle. Elle posa la tête à côté de lui, sans qu'il sortît d'elle.

— Il va bien falloir que l'on travaille sur nos lois à un moment, glissa-t-elle à son oreille.

Detras eut un soupir amusé. Même alors, elle se souciait des pauvres. Par les dieux, qu'il l'aimait ! Il l'embrassa, sourit, et hocha la tête.

— Je suis à votre service, ma Reine.

*

Il s'approcha de l'entrée de l'auberge, mais une voix l'arrêta. Il reconnut le débardeur de la nuit précédente qui l'appelait depuis une ruelle qui débouchait sur la place. Il lui fit signe de s'approcher. Tendu, il se prépara à dégainer son épée. L'homme lui sourit.

— Un peu nerveux ?
— Et toi ? demanda-t-il du tac au tac.

Le débardeur eut un petit rire qui n'augurait rien de bon. Il tourna le dos et s'engouffra dans la venelle. Detras suivit. Ils marchèrent quelques minutes, jusqu'à arriver devant une petite maison, à la porte de laquelle l'homme frappa. Quelqu'un ouvrit, et lui fit un signe de tête. La porte se referma. Ce n'était pas bon. La rue était étroite. S'il devait se battre, il n'aurait pas beaucoup de marge de manœuvre. Trois hommes sortirent finalement de la maison, dont deux armés d'une épée chacun. Le troisième toisa Detras du regard et haussa un sourcil intrigué.

— C'est donc de toi qu'on parle en ce moment. Je suis curieux de voir de quel bois tu te chauffes. Allez, montre-moi.

Les deux hommes armés se jetèrent sur lui. Non, l'un se jetait sur lui, l'autre le contournait. Il pivota légèrement et esquiva le premier. Il ne devait pas en laisser un passer derrière lui. Son épée au poing, il tenta de le désarmer, en vain. Tant qu'il avait les deux de face, un seul pourrait attaquer à la fois. Il lui fallait se servir de l'espace restreint à son avantage. Il se plaqua contre le mur pour esquiver un coup de taille, et contre-attaqua. Son adversaire para en se reculant, et le second fit une percée vers lui. D'un mouvement d'épée agile, il dévia la lame au-dessus de son épaule. C'était le moment.

Il bondit en avant, et enfonça le genou dans le ventre de la brute. L'autre eut un mouvement de recul en voyant son comparse s'effondrer en tentant de reprendre sa respiration. Detras en profita. Il feinta un coup à l'épaule, et, d'un moulinet, il frappa la main de l'autre, qui avait monté sa garde trop haut. L'homme de main lâcha son arme sous le coup de la douleur. Celui qui se tenait à l'écart se mit à applaudir.

— Quel talent ! lança-t-il. Du très bon travail. Je ne m'attendais pas à cela de la part d'un garçon de ton âge. Tu as du mordant. Et j'aime les gens qui ont du mordant. Viens, tu as payé un verre à mes gars hier, c'est à mon tour de t'en offrir un.

Detras rangea son épée et aida l'homme à terre à se relever. Il suivit ensuite celui qu'il devinait être le Bâtard à l'intérieur de la maison. L'endroit était animé. Ils étaient près d'une dizaine au total. Les autres avaient vraisemblablement assisté au combat depuis les fenêtres. Tout ce beau monde s'assit autour de la grande table, et le Bâtard attrapa une bouteille.

— C'est de la liqueur rekmalienne. J'espère que tu l'apprécieras à sa juste valeur.

— Nous sommes bien loin de Rekmal, cette bouteille doit être un petit trésor. J'ai moi-même eu l'occasion de revendre quelques fûts de cette même liqueur. J'ai pu y goûter, mais guère. Ce sera un plaisir d'en redécouvrir les arômes.

— Alors bienvenue, Detras. Bienvenue dans la bande du Bâtard !

XIII — Confiance

*

La tare de Youlef, du nom de celui qui l'a découverte, est une maladie dont l'origine est inconnue. Elle peut se déclarer très tôt et être bénigne pendant des années, voire ne jamais poser problème. Elle se caractérise par une fragilité des tissus du poumon, qui, sous certaines conditions, provoque des hémorragies, entraînant ainsi une toux sanglante. Si nous ignorons son origine, il est attesté qu'elle est récurrente chez les enfants de survivants de la catarrhe noire.

Traité de médecine et de chirurgie, Kodal Silma

*

— C'en est assez, il faut trouver un moyen de l'arrêter ! s'énerva l'Aikdhekor. J'ai besoin que tu gagnes sa confiance une fois pour toutes. Je veux savoir ce qu'il fait, et quand il le fait. Qu'il t'invite une fois de temps en temps pour un petit vol, c'est une chose. Mais ces dernières semaines ne sont pas suffisantes, j'ai besoin de plus.

— Malheureusement, Aikdhekor, la seule idée que j'ai coûtera à la Couronne des biens ou de l'or, et... quelques hommes.

— Explique-toi.

— Pour gagner sa confiance, il faut que je monte un coup pour lui. Un coup qui se passera parfaitement bien. Un coup qui lui montrera quel genre d'avantages je peux lui apporter.

— Je n'aime pas la tournure que ça prend.

— J'ai besoin que vous organisiez un transport de marchandises précieuses ou d'or, que vous le fassiez assez peu garder pour ne pas attirer l'attention au premier abord, et que vous m'indiquiez où il passera. Cependant... Je ne peux pas garantir que ceux qui le garderont resteront en vie. Et les marchandises seront perdues. Mais mon statut auprès du Bâtard sera sans nul doute bien meilleur. Probablement assez pour que je puisse en faire ce que vous désirez.

L'Aikdhekor hésita. Sans doute pesait-il le pour et le contre. Tout dépendait à présent de la priorité qu'il donnait à cette mission. Était-il prêt à tout ? Il ne le saurait certainement pas tout de suite. Telle proposition devait être réfléchie avec attention. Peut-être débattue avec le roi lui-même.

— Très bien, faisons-le.

Il était catégorique. Detras, pantois, dut faire un effort pour conserver la mâchoire fermée. Sa surprise fut néanmoins remarquée. L'Aikdhekor eut un léger rire.

— Tu ne t'attendais pas à ce que je te laisse faire ?

— Je ne m'attendais pas à ce que vous preniez la décision tout de suite, et sans le roi, surtout.

— Le roi m'a donné autorité pour résoudre cette affaire. C'est à moi de prendre ces décisions. Je suis l'Aikdhekor, le chef de l'intégralité des armées du pays. Si l'on doit perdre des hommes, c'est et ça restera ma responsabilité.

— Je comprends.

— Tu dois aussi comprendre l'importance qu'a cette mission. Si j'accepte de sacrifier des richesses, et surtout des hommes pour cela, c'est parce qu'il nous faut à tout prix agir vite. Le comte de Jakis en a assez de voir sa réputation souillée par ce malandrin.

— Je le conçois.

— Très bien. Dans deux jours, un coffre de pierres précieuses partira d'ici pour aller à Heklan. Je te ferai transmettre l'itinéraire exact. Il n'y aura que deux gardes qui y seront affectés.

— C'est parfait, c'est exactement le genre de renseignements qu'il me faut pour gagner la confiance du Bâtard.

*

Le petit Gwalbrevil fixa ses yeux gris dans ceux de Detras, mal à l'aise. L'enfant baragouina quelque chose dont le scribe ne comprit que quelques mots, mais guère. Il était question de câlin. Cela ne lui plaisait pas vraiment. Detras leva la tête vers la reine qui lui offrit un franc sourire. Hésitant, il tenta de soulever l'enfant en imitant la façon dont sa mère le faisait. Il resta bloqué avec l'enfant levé devant lui. Remya éclata de rire.

— Comment peux-tu être aussi maladroit avec lui ?

demanda-t-elle, moqueuse. Là, ramène-le contre toi et passe le bras sous son séant. Voilà.

L'enfant se prit la main dans la barbe éparse du scribe. Il tira et arracha quelques poils, sous le regard attendri de sa mère. Detras ne laissa presque rien paraître de sa douleur, seulement une légère grimace d'inconfort. Gwyll baragouina quelque chose à propos de son nez, peut-être de celui du jeune homme qui le portait. Il se tourna vers sa mère et rit. Il ne tenait pas en place.

— Je ne suis pas vraiment à mon aise, avoua Detras. Il est vigoureux, je crains de le lâcher à chaque instant.
— Donne-le-moi, répondit-elle, amusée.

Mais l'enfant refusa. Il s'accrocha au cou du scribe et se mit à crier. Detras entendit son nom au milieu des hurlements. Gwalbrevil battit des pieds pour éloigner les mains de sa mère. Crispé, Detras mit toute son énergie à retenir le petit garçon. La reine se recula et, le visage contrit, elle dit :

— Il semble que tu sois condamné à le porter pour le

moment...

— Apparemment, oui...

— Il t'aime bien, c'est indéniable.

— Je préférais quand il m'aimait d'en bas... Qu'il s'accroche à mes chausses, c'est une chose, mais à mon cou, c'en est une autre.

— C'est un petit enfant, il a besoin d'affection.

— Il me semble pourtant qu'il en a suffisamment de votre part...

— En aura-t-il jamais assez ? railla-t-elle. Je suis contente qu'il t'apprécie autant. C'est une des choses qui me font dire que je peux te faire confiance.

L'enfant s'était calmé et suçait son pouce, la tête posée contre l'épaule de Detras. Le jeune homme le regarda faire. Si c'était le prix de la confiance de la reine, il était prêt à le payer cent fois. Il sourit. Une fois qu'il était calme, porter le prince n'était pas si désagréable. Il se tourna vers la reine, et vit un regard amoureux. Qu'elle était belle ! Et qu'il était heureux d'être la source de son bonheur ! Elle s'approcha et caressa la tête de son fils. Finalement, le garçon ouvrit les bras vers sa mère, qui se saisit aussitôt de lui. Elle le ramena contre son épaule et continua de lui caresser les cheveux.

Detras observa la scène, en silence. Et une pensée lui traversa l'esprit et ne le laissa plus jamais en paix. S'il y avait une personne au monde qu'elle aimât plus que lui, c'était son fils. Cette idée lui parut soudain insupportable. Et pourtant, il lui fallait l'accepter. Son fils serait toujours tout pour elle, peu importait à quel point elle pouvait aimer son amant. Il dut laisser paraître quelque chose, car elle haussa des sourcils inquiets.

— Tout va bien ? demanda-t-elle d'un ton soucieux.
— Oui, oui, je… je pensais simplement aux lois. Je crois que créer un impôt spécifiquement pour le redistribuer aux mendiants serait oublier les familles sans le sou qui vivent la même chose sans passer par la mendicité.
— Mais dans ce cas comment savoir qui est éligible à cette indemnité ?
— Cela pourrait être basé sur les revenus commerciaux, comme pour les impôts. Il faudrait

déléguer la tâche aux comtes, voire aux Aikveigs.

— Ils n'apprécieront pas cette charge supplémentaire de travail... Mais d'un autre côté, ce n'est pas comme s'ils étaient ceux qui en abattaient le plus.

— Exactement.

— Merci pour tes précieux conseils, Detras... Tu es définitivement un allié de poids.

— Merci, ma Reine. Je fais de mon mieux.

Il posa son regard sur l'enfant et enfouit sa jalousie aussi profondément qu'il le put. Mais jamais cette petite voix dans sa tête ne se tut vraiment. Et comme si cela ne suffisait pas, il entendit celle de Zok.

— Cet enfant... Je sens qu'il sera un problème pour nous... pour toi... Méfie-toi de lui...

Detras fut pris d'un frisson, et Gwyll se mit à pleurer. La reine s'excusa et fit ce qu'elle put pour calmer son enfant. Après quelques minutes, il sécha ses larmes et s'endormit dans les bras de sa mère.

*

Le Bâtard ouvrit le coffre, et plongea la main dans les pierres précieuses. Il en sortit une et l'observa à la lumière d'une chandelle. Detras attendait patiemment, comme le reste des hommes. Tout s'était passé comme il l'avait prévu, même si les gardes n'avaient pas pu être épargnés. D'un mouvement, le chef referma le bahut et fit un large sourire.

— C'est une bonne prise. Bien joué, Detras. J'ai bien fait de te prendre dans la bande !
— Pour sûr, je suis un atout, ajouta-t-il, d'un ton assuré.
— Un bon épéiste qui a une oreille au château… C'est certain, tu es un atout. Et je note que tu sais ce que tu vaux.
— Si je veux me faire un nom aux côtés du Bâtard, je n'ai pas le choix, dit-il avec un sourire. Je veux être connu comme celui qui vous accompagne. Qu'on sache que si on s'en prend à vous, on doit passer par moi d'abord. Et que ce savoir inspire la crainte.
— Tu es ambitieux. Et sûr de toi. J'ai bien besoin de

gars dans ton genre. Continue de provoquer des duels et de les gagner. Je me charge du reste. Et si d'autres opportunités passent par tes oreilles… Fais-le-moi savoir.

— Bien sûr.

*

Quelqu'un frappa à la porte de Detras. Le soleil n'était pas encore levé… Il secoua la tête pour se réveiller et demanda qui était là.

— J'ai un message pour vous messire. De la part du roi.

Le scribe ouvrit la porte au jeune page et réceptionna la missive. Il le remercia et referma derrière lui. Il défit le sceau royal et lut la lettre.

« Detras, j'ai eu vent de certaines rumeurs qui courent dans le palais et qu'il me faut éclaircir. Rends-toi dans la salle du trône dès que tu recevras ce message. Au vu des relations que tu entretiens avec la reine, tu comprendras que je ne souhaite pas que cela s'ébruite. Sois donc discret. C'est un ordre. »

Le jeune homme avala sa salive de travers. Cela n'augurait rien de bon. Quelqu'un avait découvert sa relation avec Remya, malgré leur prudence ! Comment était-ce possible ? Il parlait de rumeurs... Si ce n'était que cela, il nierait. Après tout, il était vrai qu'il passait beaucoup de temps seul avec la reine et que cela pouvait soulever des racontars. Mais s'il se montrait convaincant, il pouvait expliquer qu'ils avaient beaucoup de travail. Dans le pire des cas, il lui proposerait d'assister à une de ces sessions, afin qu'il pût se rendre compte du temps que cela pouvait prendre, et le rassurer quant à la nature de leurs activités.

Mais malgré tout, son cœur battait vite. Si Krezac lui demandait s'il aimait Remya, réussirait-il à nier ? Il en était presque certain ; il était un excellent menteur. Mais... le voulait-il ? Pour sûr, s'il dévoilait le pot aux roses, il serait exécuté. Et quand bien même il l'aimait, il n'était pas prêt à mourir pour que cela se sût, au contraire. Pourtant, l'idée même de nier cet amour lui faisait mal. Il sentait une pointe s'enfoncer dans son cœur, et les larmes lui monter aux yeux. Il inspira longuement pour se calmer, s'habilla, et sortit de la chambre, direction la salle du trône. Son esprit chercha toutes les façons de se sortir de cette histoire pendant le trajet. Et une pensée le glaça au point de le forcer à s'arrêter quelques secondes. Qu'arriverait-il à la reine si elle était accusée d'avoir trompé son mari ? Aucune des réponses à cette question ne lui convenait.

Il comptait prendre une longue inspiration avant d'entrer dans la salle du trône, mais les portes de la pièce étaient ouvertes. La voix du roi le pria d'entrer et de fermer lesdites portes. Il s'exécuta, puis s'approcha de l'estrade sur laquelle s'élevaient trois trônes. Sur celui du centre était assis Krezac, la mine grave.

— À genoux, dit-il en se levant.

Detras obéit, et courba la tête en signe de soumission. Il devait gagner autant de points que possible. Le roi fit quelques pas vers lui et s'arrêta à portée de murmure.

— Je n'arrive pas à le croire... Nous t'offrons tant de

privilèges... Nous t'offrons de servir l'Aikdhekor, de servir la reine ! Et toi... Non, c'est impossible. Ce ne peut être qu'une fausse rumeur... Dis-moi que c'en est une...

— S'il y a des rumeurs me concernant, Majesté, je n'en ai pas eu vent... répondit-il, prudent. J'espère ne rien avoir fait qui puisse vous offenser, vous, la reine ou l'Aikdhekor...

— Alors pourquoi ne viens-tu plus jouer au Sort Suprême le soir ? Que fais-tu si tu n'as pas, comme on le dit, rejoint les bandits de Meoran ?

Detras crut qu'il allait exploser de rire. Son soulagement était sincère. Et avec tout le calme dont il était capable, il dit, sur le même ton que le roi :

— Votre Majesté, je comprends votre désarroi. Les rumeurs ne sont cependant pas exactes. J'ai bien rejoint les bandits de Meoran, mais j'agis sur l'ordre de l'Aikdhekor. J'ai infiltré la bande d'un criminel que l'on appelle le Bâtard. J'informe l'Aikdhekor de ses faits et gestes et je fais en sorte de nouer une relation de confiance avec lui. Mais, pour parler de confiance, je ne souhaite pas trahir celle que vous avez placée en moi. Je vous suis reconnaissant de la façon dont vous me traitez, et j'entends vous remercier convenablement, par exemple en vous offrant le Bâtard.

Le roi écouta, sans dire un mot. Lorsque Detras eut fini, il osa relever la tête et vit le regard soulagé du roi. Celui-ci lâcha un éclat de rire.

— Si tu savais comme je me sens stupide, avoua-t-il. Si j'en avais parlé avec Jazor, il m'aurait probablement expliqué tout cela. Mais je voulais te confronter directement... Enfin. J'espère ne pas t'avoir importuné. Tu dois avoir des choses à faire. Va, et... ne m'en veux pas trop.

Detras se releva, sourit aimablement au roi, s'inclina, et sortit. Il avait eu chaud. Mais finalement, rien de grave n'était arrivé. Il repensa à ce qu'il avait dit. Ne pas trahir la confiance qui lui avait été accordée... Quel beau parleur il faisait ! Lui tenir ce discours alors qu'il était l'amant de sa femme... Jusqu'à quel point était-il capable de mentir ? Jusqu'au bout, si cela lui permettait de garder une relation avec elle. Il l'aimait trop pour ne serait-ce que songer à y renoncer. Et si quelqu'un devait s'y opposer, il le tuerait.

XIV — Statut

*

À Rowan, comte de Jakis. Nous sommes sur le point d'agir contre celui qui se prétend votre fils. En effet, nous avons pu mettre en place quelque stratégie qui est sur le point de payer. Si vous souhaitez que quelque chose en particulier soit fait, merci de nous prévenir par message magique dans les plus brefs délais. Dans tous les cas, ce sera fait vite et en dehors de toute forme de représentation officielle. La Couronne vous transmet ses amitiés.

Message magique de l'Aikdhekor Jazor

*

Detras pénétra dans l'étude de l'Aikdhekor aussitôt que celui-ci lui dit d'entrer. Il vint se placer à côté du bureau où Jazor était installé. Comme il restait silencieux, Detras ouvrit la conversation.

— Vous m'avez fait mander, Aikdhekor ?

— Il est temps, répondit finalement Jazor. J'ai pris ma

décision. Et tu seras heureux de savoir que cette fois-ci, j'ai consulté le roi. J'ai eu vent de votre... entrevue... Je n'avais pas pensé que cela puisse se produire. Mais enfin, tu as bien fait de lui expliquer la situation.

— Merci, Aikdhekor.

— Je disais donc qu'il était temps. Le Bâtard doit être éliminé. Te sens-tu capable de t'en charger ?

— Bien sûr, affirma Detras. Ce ne sera pas la première fois que je passerai quelqu'un au fil de mon épée.

— Il faudra faire attention cependant. Ses hommes te pourchasseront.

— Avez-vous une carte des rues de Meoran ?

— On peut trouver ça.

— Ce sera sans doute utile. Je n'ai pas assez vagabondé ici pour savoir par où je peux passer.

— En tout cas, je préparerai une garnison au château. Si tu atteins la herse, tu seras en sécurité. Je te ferai parvenir la carte au plus vite. Il faut que ce soit fait aussi rapidement que possible.

— Bien, Aikdhekor. Et je vous transmettrai la liste des gardes qui sont à son service pour que vous puissiez agir en conséquence. Autre chose ?
— Non, tu peux disposer.

Il sortit de la pièce, pensif. Il allait devoir agir, enfin. Avec un peu de chance, il s'en sortirait indemne. Peut-être avec beaucoup de chance, plutôt qu'un peu, d'ailleurs... Il commença à réfléchir à son plan d'action. Il fallait qu'il réduisît le nombre d'hommes qui le verraient agir. Il fallait aussi qu'il s'assurât une voie de sortie, d'abord de la pièce, puis du bâtiment, et enfin de la ville. Il lui faudrait probablement improviser un peu, car il n'avait pas tous les éléments pour former un plan parfait. Il n'aimait pas cela, mais il savait qu'il devrait s'en contenter et se faire confiance. Après tout, il s'était presque toujours sorti des pires situations. Et puis, avait-il seulement le choix ?

*

Il l'embrassa doucement avant de se retirer d'elle. Il était encore rouge et transpirant, et avait toujours le souffle court. Elle, elle souriait, comme elle le faisait toujours après qu'ils se fussent unis. Qu'il aimait ce sourire ! La voir ainsi le comblait de bonheur. Il passa la main le long de la courbe de son corps. Un air béat se peignit sur son visage. Qu'il l'aimait ! Elle le tira contre elle et l'embrassa de nouveau. Puis elle murmura à son oreille.

— J'ai quelque chose à te dire...
— Quoi donc, ma Reine ?
— Je... Je crois que... Ce n'est pas sûr, mais je crois bien que j'attends un enfant...
— Un enfant... de moi ?
— Je ne puis en avoir la certitude... Mais je le crois.

Detras se laissa tomber dans le lit. La nouvelle était grave. Mais il fallait avouer qu'ils n'avaient pas pris de précautions pour éviter que cela arrive. Il ne savait pas quoi en penser. D'un côté, cela signifiait qu'il allait avoir un enfant. D'un autre, jamais il ne pourrait reconnaître cet enfant comme le sien. Ce serait un prince ou une princesse. Que penser ? Était-ce là une bonne ou une mauvaise nouvelle ? La reine se redressa doucement.

— Tu... m'en veux ?

— Comment le pourrais-je ? Je suis juste... perdu. Je ne sais pas comment je dois prendre cette nouvelle. Je suis à la fois heureux et triste. Heureux, car l'idée de partager quelque chose d'aussi important avec vous me semblait impensable. Triste, car je ne pourrai jamais vraiment être reconnu comme le père de cet enfant, et serai donc condamné à le voir grandir à distance de moi.

— Si tu préfères, je... je peux m'en débarrasser...

— Quoi ? Non !

Il avait répondu sans réfléchir. Mais l'idée de voir cet enfant grandir avait déjà fait son chemin, et il ne souhaitait pas la voir anéantie. De plus, il avait conscience que pour Remya, cet enfant était une bénédiction, car il venait d'une personne qu'elle aimait. La reine eut un sourire soulagé.

— J'avais peur que tu ne veuilles pas... enfin...

— Ma Reine, je me dois de vous dire que je suis honoré de pouvoir être le père de votre enfant. Rien au monde ne saurait me rendre plus heureux que cela. Alors à moins que vous ne le souhaitiez pas... je veux voir cet enfant grandir.

Remya laissa échapper une larme et embrassa son amant. Ils se serrèrent l'un contre l'autre. Qu'il aimait la sentir contre son sein ! Qu'il aimait qu'elle fût si parfaite ! Et à présent, elle portait son enfant... C'était impensable, et pourtant c'était vrai. Il allait être père, même si personne ne le saurait jamais. Il verrait son enfant grandir, et il serait fier de lui en secret. Il partagerait cela avec Remya seulement, et son enfant serait élevé comme un prince, éduqué au côté de Gwyll, peut-être même, si le sort en décidait ainsi, régnerait-il à sa place. Et lui, il observerait tout cela de son humble place de serviteur. Cette idée résonnait en lui comme un rêve. Un beau rêve...

*

— Le danseur ! pointa le Bâtard. Cent-huit à soixante.

T'es pas concentré, Detras.

— Désolé, répondit-il. Je crois que je suis un peu fatigué.

— Allez, reprends-toi. Tu veux miser un peu ? Ça t'aidera à te concentrer !

— Je ne suis pas sûr que ce soit une bonne idée pour moi. Je vais me faire plumer !

— Raison de plus !

Le Bâtard explosa de rire. Detras parcourut rapidement la pièce du regard. Ils n'étaient plus que cinq. Ils devaient avoir attaqué la quatrième heure de la nuit. Le moment était opportun. Il se leva et fit mine de s'étirer le dos. Les trois autres jouaient aux dés à quelques mètres de là. Il posa la main sur le pommeau de son épée, et en un éclair, il trancha la gorge du Bâtard. Les trois hommes, alertés par le bruit, se tournèrent vers Detras et constatèrent les faits. L'instant d'après, Detras courait vers la porte.

Le temps qu'il l'atteigne, il avait paré un coup d'épée qui avait failli lui entailler la jambe. Il passa le seuil avec précipitation et son épaule s'écrasa contre le mur de l'autre côté de la venelle. Il courut, aussi vite qu'il le pouvait. Il entendait les cris des autres derrière lui. Ils étaient proches, mais ne le rattrapaient pas, pas encore. Il se dirigea vers la grand-place, où il avait le plus de chances de croiser des gens et de décourager ses poursuivants. Une très brève hésitation sur le chemin lui coûta une entaille dans le dos. Il se figura la carte de la cité, et, mettant de côté la douleur, atteignit la grand-place.

Il se faufila entre les passants, mais lorsqu'il jeta un regard en arrière, il vit que ses assaillants faisaient de même. Malheureusement, il n'y avait pas assez de monde pour qu'il pût se fondre dans la foule. Il lui faudrait probablement atteindre le château. Il bifurqua et prit la grande route qui allait droit à la herse. La montée serait pénible, mais il en allait de sa survie. Il courut, plus vite qu'il n'avait jamais couru. Et au bout d'une éternité, la herse fut en vue. Aussitôt, une flopée de gardes sortit des murs et vint encercler Detras pour le protéger. Les poursuivants s'arrêtèrent puis firent demi-tour.

Il s'effondra, essoufflé et blessé qu'il était. Son dos le faisait atrocement souffrir. On le transporta à l'intérieur. Il remarqua que l'Aikdhekor était là, et l'accompagnait. Sa conscience vacilla, mais, par un effort de volonté, il parvint à la maintenir. Il avala difficilement sa salive, et réussit à parler.

— C'est fait, annonça-t-il à l'Aikdhekor. J'ai accompli ma mission.

*

— Réveille-toi, mon frère.

La voix de Zok fit sortir Detras de sa léthargie alors que la porte de la chambre s'ouvrait sur l'Aikdhekor. Depuis quatre jours, il était soigné par des guérisseurs et par un thaumaturge qui s'efforçaient de lui ramener une bonne santé. La plaie, assez profonde, laissait à présent une longue balafre dans son dos, et s'il sentait toujours une douleur vive, elle ne risquait plus de se rouvrir, d'après ce que lui avaient dit les soigneurs. Il se redressa tant bien que mal.

— Aikdhekor...

— Bonjour, Detras. On m'a dit que tu allais mieux. Comment te sens-tu ?

— Je dois admettre que la douleur est toujours forte, mais je peux néanmoins bouger un peu.

— Très bien... Je viens t'annoncer que tu vas être décoré. De façon officieuse, car ça ne doit pas se savoir, mais tu vas recevoir le Renard d'Honneur, pour avoir débarrassé la Couronne d'une menace grandissante, et nous avoir permis de nettoyer les rangs des gardes. C'est le remerciement du roi. Quant à moi... Je compte te former, afin que tu sois mon second. Qu'en penses-tu ?

— C'est un véritable honneur. Je ne sais comment vous remercier. Mais... vais-je arrêter de travailler pour la reine ?

— C'est nous qui te remercions. Tu t'es montré digne des espoirs que nous avons placés en toi. Et, non. La reine tient à ce que vous poursuiviez votre travail ensemble. Je crois qu'elle apprécie tes idées. De mon point de vue, c'est une bonne chose. En tant que second de l'Aikdhekor, il est positif que tu entretiennes de bonnes relations avec la famille royale.

— Je compte bien entretenir ces relations. J'apprécie de travailler avec la reine. Et de jouer au Sort Suprême avec le roi. Je ne comprends guère pourquoi on me favorise autant, cependant.

— Je vais éclairer ta lanterne. En premier lieu, tu es un cadeau offert par le roi Mezzar de Sonne. Il nous faut donc prendre soin de toi, comme on l'aurait fait d'un bijou, par exemple. Mais ce n'est pas tout. Je ne peux parler pour le roi ou pour la reine, mais en ce qui me concerne, j'ai vite compris que tu n'étais pas n'importe qui, qu'on pouvait tirer de grandes choses de toi. C'est ton potentiel que nous avons remarqué et que nous avons décidé de mettre en valeur. Je ne suis pas déçu du résultat pour le moment, et il semble que la reine non plus.

L'Aikdhekor retourna à la porte et, avant de sortir, posa un regard paternel sur Detras.

— Quand tu seras convoqué, tu n'auras pas à poser le genou à terre ; privilège d'homme blessé. Mais courbe néanmoins la tête.

Il sortit de la pièce et referma la porte, laissant là Detras, qui digérait les nouvelles informations qu'on lui avait données. On avait remarqué son potentiel et décidé de s'en servir. C'était une victoire en soi. Cela signifiait qu'il mettait en avant les bonnes parties de lui. Et il allait être décoré, et promu au rang de second de l'Aikdhekor… Il n'était pas sûr de ce que cela représentait en matière d'activité. Allait-il lui servir d'homme de main ? De bras droit ? Ou autre chose ? Cela le désignait-il comme successeur potentiel, ou serait-il le second du prochain Aikdhekor ? Autant la première question trouverait rapidement une réponse, autant la seconde devrait être posée de façon plus subtile. Mais l'heure n'était pas à cela. Il devait se reposer, laisser son corps se réparer.

*

Il entra dans la salle du trône. D'un geste, l'Aikdhekor lui indiqua d'approcher. Le roi siégeait sur son trône, la reine sur celui de droite, et celui de gauche restait vide. Jazor se tenait debout, devant l'estrade, et tournait le dos aux souverains. Detras marcha, un peu trop lentement à son goût. Son regard s'arrêta sur la reine. Elle avait posé une main distraite sur son ventre encore plat. Il sourit intérieurement. Il ne pouvait pas ne pas l'aimer. Il s'arrêta devant l'estrade, à un pas de l'Aikdhekor, et courba la tête en signe de soumission. Le roi commença :

— Detras, tu as rendu un grand service à la Couronne, à la ville de Meoran et au royaume de Helbbel. Tu t'es mis en danger de ta propre initiative afin de servir ton roi. Ton geste ne sera pas oublié. Reçois en ce jour le Renard d'Honneur, en signe de notre reconnaissance.

Krezac lui-même vint lui remettre la médaille, en or blanc, sur laquelle était gravé le renard qui servait d'emblème au pays. Elle était lourde autour du cou de

Detras, mais d'une façon agréable, comme si elle l'ancrait dans le moment présent. Alors que le roi lui en donnait l'ordre, il releva la tête. Il réalisa alors qu'il était un peu plus grand que Krezac. Le roi avait la tête légèrement relevée pour le regarder dans les yeux. La fierté se lisait dans son regard. Detras offrit un sourire à son monarque, puis à l'Aikdhekor, et enfin, à la reine. Celle-ci lui rendit son sourire, et se leva à son tour pour rejoindre son mari. Krezac posa une main sur l'épaule droite de Detras, et Remya fit de même sur son épaule gauche.

— Nous n'oublierons pas tes actes, Detras, promit la reine.

— Nous n'oublierons pas, confirma le roi. Sois-en assuré.

Puis, ils se retirèrent de la salle du trône. Ne restèrent que Detras et l'Aikdhekor. Ce dernier applaudit, tout sourire.

— Une bien belle cérémonie, constata-t-il. Alors, qu'est-ce que ça fait ?

— C'est... agréable. Je ne pensais pas que la sensation serait si étrange.

— On s'habitue au bout de la troisième ou quatrième fois. Enfin, moi en tout cas, c'est au bout de quatre fois que je m'y suis fait.

— Vous avez été beaucoup décoré ?

— Quelques fois, oui. J'ai une dizaine de médailles. Mais pas une seule du roi Krezac... C'est son père qui m'a décoré.

— Vous étiez proche du roi précédent ?

— Assez, oui. Noran était un bon roi, je crois. Et c'était aussi un excellent ami. J'étais aussi très ami avec la reine Deibol. Ils n'étaient pas très proches, mais ils partageaient tout de même quelques passions qui leur permettaient d'être unis. Noran était pourtant quelqu'un de très sensible. Je pense qu'il a fini par s'attacher à elle, malgré tout.

— Que leur est-il arrivé ?

— Ils ont été emportés par le catarrhe noir il y a près d'un an.

— Triste fin...

— N'est-ce pas ? Enfin, c'est du passé maintenant. J'ai fait mon deuil, je crois que le roi aussi. Mais dans le doute, je n'irai pas lui en parler.

Jazor conclut ainsi la conversation et se dirigea vers la sortie. Une fois à la porte, il intima à Detras de retourner se reposer. Les jours prochains seraient dédiés à le former à son nouveau rôle de second de l'Aikdhekor. Et si le jeune homme avait hâte de s'atteler à cette tâche, il savait qu'elle ne serait pas de tout repos.

XV — Apogée

*

Un nouveau-né se verra attribuer un nom, choisi par ses deux parents. Si les parents ne sont pas d'accord l'un avec l'autre, il portera les deux noms, jusqu'à être en âge de choisir celui qui lui convient le mieux. Dans le cas où l'enfant, une fois grand, produirait une œuvre artistique personnelle (un écrit, une toile de peinture ou une sculpture), il pourra choisir d'ajouter à son nom un patronyme de son choix, pour se différencier de ceux qui porteraient le même nom que lui et ainsi rendre unique son identité d'artiste. Dans tous les autres contextes, pour identifier la personne parmi plusieurs, on utilisera, en plus de son nom, son métier, l'endroit où il vit, ou encore son statut ou son grade militaire.

Les patronymes et leurs sens, Koalib Mussat

*

Sept mois passèrent, lentement, mais sans pourtant laisser de répit à Detras. Il apprit le travail qu'impliquait d'être Aikdhekor : diriger des hommes, les préparer pour les éventuelles guerres à venir, organiser la garde des villes et des routes ou la déléguer aux personnes appropriées... Tout cela était à la fois difficile et passionnant. Régulièrement, il assistait à une réunion avec les différents généraux et l'Aikdhekor lui-même. Il avait donc été présenté aux militaires comme le second de Jazor, et, Detras avait fini par le comprendre, comme son successeur supposé. Le roi pouvait évidemment nommer quelqu'un d'autre, mais ce serait en tout cas lui que Jazor proposerait pour le remplacer. Finalement, il avait même autorité sur un certain nombre de troupes, avant tout comme porte-parole de l'Aikdhekor, mais, en cas d'urgence, de son propre chef. Il avait aussi appris à monter à cheval, à repérer des poisons, à en soigner certains, et avait même commencé à se désensibiliser de la scorine, un poison lent, mais dangereux et répandu en Helbbel.

La reine, elle, avait à présent un ventre bien rond. Si Detras en était heureux, il ne pouvait guère plus le montrer, car il n'avait presque aucune occasion de se retrouver seul avec Remya ; une guérisseuse l'accompagnait quasiment en permanence. Aussi, les moments qu'ils passaient ensemble étaient rythmés par de nouvelles lois, comme ils étaient censés l'être depuis le début. Parfois, la soigneuse lui disait que cela suffisait, et que la reine avait besoin de se reposer. Visiblement à contrecœur, celle-ci hochait la tête et renvoyait son scribe. Mais toujours, avant de partir, elle lui offrait un regard dans lequel il imaginait des centaines de mots d'amour, d'envies inassouvies, de promesses d'un futur radieux. Il répondait par un sourire, se courbait pour saluer sa reine, et s'éclipsait poliment.

Mais ce jour-là, la reine avait renvoyé sa guérisseuse. Elle lui avait dit qu'elle ferait attention à sa santé, promis que rien n'arriverait ni à elle ni au bébé. À regret, la soigneuse était partie, et avait intimé à Detras que lorsqu'elle reviendrait, il avait intérêt à ce que la reine soit en pleine forme. Detras, laissé seul avec la reine, s'approcha du lit à baldaquin sur lequel était assise Remya. Elle tendit la main, et quand Detras la saisit pour y déposer un baiser, elle le tira sur le lit et l'embrassa. Il s'appuya contre la tête du lit et tenta, au travers de ses lèvres, de transmettre tout l'amour qu'il ressentait.

— Cette partie de vous m'avait manqué... murmura-t-il à son oreille.

— Et cette partie de toi m'avait manqué... répondit-elle sur le même ton.

Il s'assit à côté d'elle, et elle l'invita à poser la tête sur ses genoux. Il ne se fit pas prier. La tendresse de Remya était plus qu'appréciée. Elle le rendait intérieurement euphorique.

— Comment va le bébé ?
— Elle va bien.
— Elle ?
— J'ai vu un thaumaturge... D'après ses observations, c'est une fille.
— Une petite fille... C'est merveilleux !
— N'est-ce pas ? Je ne savais pas que l'apprendre me rendrait aussi heureuse !
— Et moi donc ! Oh, ma reine, je suis si ému que je ne

sais quoi dire...

— Aide-moi à choisir un prénom ! As-tu des idées ?

— Pourquoi pas... Golsia ? Non, mieux ! Elliah ?

— Elliah ? C'est très joli ! La princesse Elliah de Helbbel... Oui, ça sonne définitivement bien. Je soumettrai ce prénom à Krezac. Il m'écoutera sans doute. Ah... Que je regrette de devoir passer par lui... Je suis désolée, Detras.

— Vous n'y êtes pour rien. Il faut bien lui faire croire qu'il est son père si l'on veut qu'elle vive...

— Quand je pense qu'il m'aime comme son premier amour... Je ne sais quoi faire... En vérité, j'aimerais qu'il puisse renier le mariage, tout simplement. Mais... il m'aime trop pour cela...

— Je le comprends, hésita Detras. Comment ne pas vous aimer ? Vous êtes intelligente, belle, charmante, forte, douce... Vous êtes tout ce que l'on peut espérer chez une femme ou chez un homme. Je ne conçois pas qu'une personne dans ce monde puisse ne pas vous aimer.

— Je... ne sais pas quoi dire, rougit-elle. Flagorneur que tu es...

— Je suis sincère. Je vous aime infiniment, et vous savoir heureuse est pour moi le plus grand des bonheurs... enfin, mis à part le fait que vous soyez la mère de ma future fille...

Il se redressa pour l'embrasser. Le baiser, profond, révélait à la fois l'amour et le désir de Detras. Et elle semblait y être réceptive. Il embrassa son cou, puis son torse. Il passa les doigts sous le tissu de sa robe, et elle poussa un soupir d'aise. Elle agrippa les draps du bout de ses doigts. Il ne fallut pas longtemps pour qu'ils soient l'un sur l'autre. Detras était doux, désireux de protéger la reine. Mais ce moment fut entaché par une intervention de Zok.

— M'aimes-tu ? demanda-t-il sans se soucier de ce que vivait son frère.

Detras s'arrêta un instant, essoufflé. La réponse était évidente pour lui. Il aimait son frère, même dans la mort. Il murmura un « Je déborde d'amour » qui devait être entendu à la fois par la reine et par Zok. Soudain, il se passa quelque chose d'étrange. Malgré lui, il se remit à bouger. Il réalisa que Zok, d'une façon ou d'une autre, avait pris le contrôle de son corps. Il ne chercha pas à l'arrêter. Après tout, c'était ce qu'il comptait faire de toute façon. Un instant, il supposa que Zok voulait connaître, lui aussi, ce plaisir. Cette idée lui déplaisait. Il partageait déjà sa compagne avec le roi. Que son frère en profitât lui semblait particulièrement immoral. Mais n'étant plus maître de son corps, il n'avait pas le choix. Et puis... Lui ? Parler de morale ? L'absurdité de la situation le frappa. Pourtant, sa colère, muette, était là. Mais Remya ne sembla se rendre compte de rien. Elle griffa son épaule en essayant de l'attraper.

— Alors aime-moi dans cet enfant ! cria la voix de Zok.

Au même moment, il s'écoula en elle, et quelque chose changea. Il ignorait de quoi il s'agissait exactement. Il avait l'impression que c'était magique, mais il n'en était pas certain. Il fut à nouveau maître de son corps, mais quelque chose manquait. Et soudain, il réalisa. Zok n'était plus là. Il regarda le ventre de la reine alors que les paroles de son frère résonnaient en lui. L'enfant... serait Zok. Il ne savait quoi en penser. Il reprit son souffle, et Remya fit de même. Il fit de son mieux pour ne rien laisser paraître.

— Tiens, elle bouge... Je la sens... Viens voir...

Elle attira doucement la tête de son amant contre son ventre, afin qu'il entendît ce qu'il s'y passait. Quelle ne fut pas sa surprise quand il sentit une pression contre son oreille, comme si un être minuscule tentait de se débattre.

— Tu l'as sentie ? demanda Remya.
— Oui ! Oh ma reine... Elle est déjà si vigoureuse... J'ai hâte de la voir...
— Encore quelques mois, Detras... Sois patient.
— C'est dur... Cela fait des semaines que je ne pense plus qu'à ça lorsque je suis seul. Et maintenant que je sais que c'est une fille... Je ne suis que plus pressé encore.
— Hélas, il te faudra prendre ton mal en patience... Et

en attendant, nous n'aurons que peu de moments comme celui-ci.

— Pourquoi cette guérisseuse suit-elle vos moindres faits et gestes ?

— On s'inquiète de ma santé. Mais je n'ai rien, je ne comprends vraiment pas pourquoi on en fait tout un plat. Je ne dis pas, lorsque j'accoucherai, son aide me sera précieuse, mais... Pour le moment, j'ai plus besoin de quiétude que de quelqu'un qui m'observe en permanence.

— En parlant de quiétude... Si je ne m'en vais pas maintenant, je ne suis pas sûr de pouvoir rester en vie. Votre guérisseuse a été formelle...

— Tu as raison, soupira-t-elle. Je vais tâcher de reprendre un peu d'énergie avant ce soir. Merci Detras... Merci de ta compagnie, et merci pour le prénom...

Ils s'embrassèrent doucement, et Detras se releva. Il se rhabilla, et aida la reine à faire de même. Il s'approcha de la porte, lança un dernier regard à l'élue de son cœur, et, après un salut, il ouvrit la porte et sortit. Zok allait être sa fille... Aurait-elle conscience de cette réincarnation ? Serait-elle, à son tour, une sorcière ? À ces questions, il n'avait pas de réponse. La colère qu'il éprouvait contre lui était forte ; il avait du mal à accepter l'intrusion de son frère dans ce moment d'intimité avec sa reine. Il ne le supportait pas. Comment avait-il osé ? Enfin, à présent qu'il n'était plus là, il ne pouvait plus le confronter. Il soupira. Qu'avait-il fait ?

*

— Sans vous ? demanda-t-il, surpris.
— Sans moi, confirma Jazor. Il y a d'autres choses dont je dois m'occuper. Mais j'ai confiance en toi. Tu sauras faire les bons choix.
— Très bien... murmura-t-il, pensif.

Il passa les doigts dans sa courte barbe, conscient qu'il avait hérité cette habitude de son mentor. Celui-ci l'observait d'un œil critique. Il croisa les bras et reprit :

— Si tu as besoin que l'on étudie le plan ensemble,

c'est toutefois possible.

— Non, non, ça ira. Vous avez raison, j'en suis capable. Ce ne sera pas la première fois que je dirigerai des hommes... Mais c'est la première fois que cela a lieu en dehors de la ville.

— Les soldats commencent à te faire confiance. Le plus dur est fait. Pour le reste, le plan et ton instinct devront suffire. Mais je ne m'en fais guère. Tu l'as dans le sang.

Il posa la main sur l'épaule de son second et sourit. Detras hocha la tête. Jazor avait raison, il l'avait dans le sang. Il s'en sortirait sans problème. Les bandits de grand chemin qui sévissaient sur la route de Heklan n'avaient aucune chance face à lui.

*

Son cheval avançait au pas, suivi de près par les deux carrioles. Ils étaient sur la route depuis deux jours déjà, et il commençait à se demander si le plan allait fonctionner. Si personne ne venait, il faudrait se poser la question d'un traître parmi les gardes. L'idée ne l'enchantait pas. Ce genre de climat n'est pas propice à la confiance, et il avait besoin de garder celle que les soldats commençaient à placer en lui. Il n'était pas Jazor, mais l'aura de ce dernier, associée à ses quelques duels, lui conférait une certaine crédibilité, en dépit de son manque d'expérience dans l'armée. Il devait capitaliser dessus pour forger sa propre aura s'il espérait un jour prendre les rênes des troupes de Helbbel.

Soudain, il les entendit. Le bruit sourd des chevaux au galop les envahit en un instant, et si la forêt cachait les assaillants, elle provoquait aussi une résonance qui empêchait toute forme de discrétion. Detras leva la main. Alors que le convoi s'arrêtait, il mit pied à terre. Il savait ne pas être capable de se battre à cheval. Très vite, les bruits se rapprochèrent, et des silhouettes surgirent de derrière les troncs.

— Maintenant ! cria Detras.

Les carrioles s'ouvrirent et laissèrent sortir deux groupes de soldats, qui fondirent sur les assaillants. Detras se mêla au groupe et fit tomber un cavalier avant de lui trancher la gorge. Se battre contre des hommes à cheval était plus dur que contre des hommes à pied, mais cela n'arrêtait ni les soldats de Helbbel ni le second de l'Aikdhekor. Il esquiva un coup d'épée. Son œil entraîné décela alors un mouvement. Un des soldats était sur le point de se faire frapper dans le dos. Il bondit, et s'il déséquilibra son homme en percutant son dos, il lui sauva néanmoins la vie. L'homme s'en rendit compte et hocha la tête en remerciement, avant de repasser à l'offensive.

Le combat était presque propre. Les soldats suivirent à la lettre les ordres donnés par Detras, et prirent rapidement l'avantage, malgré le nombre de bandits. En quelques instants, ces derniers étaient en déroute, et le combat se transforma en battue pour rattraper les derniers survivants de l'escarmouche. À la fin de la journée, le nombre de morts s'élevait à dix-huit chez les brigands, contre deux pour les soldats. Ils campèrent au milieu de la forêt, et, le lendemain, ils repartirent vers le nord, pour rentrer à Meoran.

*

— Mes félicitations, annonça Jazor. Tout le monde dit que tu as mené l'opération d'une main de maître. Et tout le monde parle de ton sauvetage de Vekran. Tu es un héros à leurs yeux.

— Ils ont tort, maugréa Detras. J'ai perdu deux hommes.

— C'est normal de perdre des hommes. Ça t'arrivera toujours. Mais garde cette attitude. Elle prouve que pour toi, ceux qui dépendent de toi sont importants.

— Je ne sais pas comment j'aurais pu faire mieux. Mais je suis sûr qu'avec un peu plus de...

— Non, Detras. Tu as fait de l'excellent travail. Te demander plus serait inhumain. Ces hommes ont fait leur devoir. Ils sont des héros, autant que toi. Ils seront décorés à titre posthume. Quant à toi... Tu auras ta première médaille publique. En tout cas, tu as gagné l'aval des généraux. Holtar m'a chargé de te transmettre ses respects. Les autres ont suivi.

— C'est... une agréable nouvelle.

— C'est surtout la preuve que tu es prêt.

— Prêt ?

— Prêt à prendre ma place. Tu seras sans doute l'Aikdhekor le plus jeune de l'histoire de Helbbel. Mais je me fais vieux. Je ne peux plus avancer avec mes hommes comme tu l'as fait cette semaine. J'ai déjà annoncé la nouvelle à Krezac. Il a choisi de me faire confiance. Ce sera annoncé au moment où tu seras décoré.

— Je... vais devenir Aikdhekor ?

Il ne réalisait pas. C'était irréel, impensable. C'était comme si, après toutes ces années, il gagnait enfin ce qu'il méritait. Il avait l'amour de celle qu'il aimait, il allait avoir une fille, et à présent, il apprenait qu'il était sur le point de devenir Aikdhekor. Pour seul bémol à tout cela, son frère allait se réincarner en sa fille. Mais après mûre réflexion, il décida d'accepter. Ce n'était pas une si mauvaise nouvelle. Zok vivrait en son enfant. Ce n'était qu'une raison supplémentaire pour l'aimer davantage... et peut-être lui pardonner.

XVI — Revers

*

Chercher le bonheur signifie s'exposer à la tristesse de ne jamais le trouver. Chercher la richesse implique d'accepter que l'on est pauvre. Chercher l'amour veut dire connaître la haine. Chercher la lumière mène à trouver l'ombre. Peu importe ce que vous cherchez, son opposé sera toujours sur le chemin.

Adages de Sillac'h, Lovar Mokab

*

Les portes de la salle du trône s'ouvrirent devant lui. L'assemblée de nobles applaudissait alors qu'il s'avançait vers l'estrade d'un pas assuré. C'était le grand jour. La reine irradiait de fierté. Il s'empêcha de la fixer, conscient du monde qu'il y avait, mais par les dieux, c'était si dur ! Il voulait la dévorer du regard, s'enivrer de ses yeux. Mais à la place, il observa le roi. Celui-ci était d'une solennité imposante. Il dégageait une aura pleine de charisme. Detras posa le genou à terre et Krezac se leva. La foule se calma pour le laisser parler.

— Detras ! Reçois en guise de remerciement pour tes services, pour avoir guidé une opération contre des bandits de grand chemin, et pour avoir sauvé de la mort un de tes soldats, la médaille du Courage Helbbellien, et deviens un symbole du courage dont le peuple doit s'inspirer !

La masse applaudit de nouveau, tandis que le roi déposait la médaille argentée. Et alors que le protocole voulait qu'il indiquât à Detras de se relever, il n'en fit rien. À la place, il reprit la parole en dirigeant sa main vers Jazor.

— Profitons de ce jour heureux pour annoncer que Jazor, mon Aikdhekor, et celui de feu mon père avant moi depuis plusieurs dizaines d'années, renonce aujourd'hui à ses fonctions. Mon ami, et ami de mon père et de ma mère, tu resteras un membre honoraire de la cour aussi longtemps que tu le désireras. Tu laisses ton poste vacant, mais tu seras toujours le bienvenu sous ce toit.

— Merci, mon Roi.

— Detras. Toi qui as été choisi pour remplacer Jazor. Jures-tu de protéger Helbbel envers et contre toutes les menaces, internes et externes ? Jures-tu de mettre ton épée au service de ton roi et de ton pays ? Jures-tu que tu te battras même au péril de ta vie pour la prospérité du royaume ? Jures-tu qu'envers et contre tout, tu offres ta loyauté à Helbbel ?
— Je le jure, Majesté.
— Alors j'ai le plaisir et l'honneur de te nommer Aikdhekor, chef des armées de Helbbel, bras armé du roi et épée de la justice !

Cette fois-ci, Krezac lui tendit la main et l'aida à se relever. Un sourire fier animait son visage alors qu'il jetait un regard furtif à la reine. Personne ne s'en doutait, mais Detras la connaissait ; elle retenait une larme d'émotion. Mais il ne pouvait s'attarder sur elle. Il remercia le roi, et se tourna vers la foule qui l'acclamait. Il enchaîna un salut militaire, et une révérence plus classique. Il l'avait fait. Il était le deuxième homme le plus puissant de Helbbel.

*

On lui ouvrit la porte de la chambre de la reine. Il salua humblement. Le parterre de courtisanes se leva pour saluer l'Aikdhekor et sortir de la pièce. La guérisseuse fut congédiée, et ne restèrent que Detras et Remya. Elle était assise dans un fauteuil profond, et son ventre n'en ressortait que davantage. Il s'approcha d'elle, et lui offrit un baiser passionné. Elle lui sourit et entama la conversation :

— Mes félicitations, Aikdhekor Detras.
— Merci, ma Reine.
— Alors, atteindre la noblesse t'a-t-il changé ?
— Je crains que non, je suis toujours le même homme, seulement avec quelques privilèges en plus. Mais mes idéaux n'ont pas changé. Ni mon amour pour vous...
— Tant mieux... Concernant les lois, j'ai présenté notre première liste de textes à Krezac. Il doit les étudier avec les administratifs dans les semaines qui viennent. Je ne sais pas combien de temps cela prendra, hélas. Krezac semblait trouver ces lois

intéressantes, mais non prioritaires.

— Mais… La vie de milliers de personnes dépend de ces lois ! Il suffirait qu'elles passent pour changer le quotidien de tous ces gens ! Comment cela peut-il ne pas être prioritaire ?

— Je ne sais pas, Detras… Je crains qu'il ne se rende pas compte de l'importance qu'elles ont. Il est bon avec ses sujets, mais il ne les comprend que peu. Cela viendra peut-être avec le temps…

— J'imagine que nous n'avons d'autre choix que d'espérer…

— En effet… Puisse Bheldhéis entendre cet espoir…

Detras passa la main sur ses yeux, pour signifier son respect au dieu de la lumière. Il n'était pas un fervent croyant, mais aider les pauvres valait bien qu'il fît un effort. La reine l'imita, et sourit.

— Au moins, le projet est lancé ! Nous avons fait du bon travail !

— Je le crois aussi. Nous avons abattu beaucoup ces derniers mois.

— Je suis sûre qu'Elliah sera fière de nous quand elle saura ce que nous avons fait.

— Elle ne sera fière que de sa mère. Elle ignorera que je...

— Elle l'ignorera, mais je compte bien faire en sorte que tu aies une relation avec elle ! À défaut qu'elle te considère comme son père, tu resteras une figure d'attachement pour elle. J'y tiens !

— J'espère que cela fonctionnera. Je suis prêt à beaucoup de choses pour avoir une relation avec ma fille.

— Je ne m'en fais pas ! affirma-t-elle.

— Alors moi non plus !

*

Holtar entra dans le bureau de Detras. Ses cheveux gris, attachés en queue de cheval, flottaient d'un côté et de l'autre au fil de ses pas. Il boitait légèrement, et Jazor avait expliqué que c'étaient là les séquelles d'un vieux combat pendant lequel il avait été blessé au genou.

L'Aikdhekor posa sa plume dans l'encrier et se leva pour faire face au général.

— Général Holtar.

— Merci de me recevoir, Aikdhekor. Je tenais à vous féliciter en personne pour votre promotion. Vous êtes dorénavant un membre important du royaume, et vous aurez probablement besoin d'aide. J'espère pouvoir vous apporter cette aide, comme je l'ai fait avec votre prédécesseur.

— Merci pour votre sollicitude. Je prends note de votre offre et n'hésiterai pas à faire appel à vous si une situation délicate venait à se présenter. Je crois que Jazor avait toute confiance en vous.

— J'ose le croire, en effet.

— J'ai appris que vous étiez le premier à avoir soutenu la décision de Jazor de me nommer Aikdhekor. Permettez-moi, à mon tour, de vous remercier.

— Ce n'est rien. Je n'ai fait qu'accepter la volonté du précédent Aikdhekor.

— Ce n'est pas rien. J'en tiendrai compte dans nos

échanges futurs.

— Je suis à votre service, Aikdhekor.

— Y a-t-il autre chose ?

— Oui, une dernière chose. Je suis le général le plus influent. Ce que je dis, les autres le suivent. Nous avons donc tout intérêt à avancer dans le même sens.

— C'est une menace ?

— Non, Aikdhekor, ce n'en est pas une. Voyez plutôt cela comme une offre de ma part. Si vous faites de moi votre interlocuteur privilégié, je ferai en sorte que les autres généraux s'allient à votre cause. Si vous ne passez pas par moi... Je ne puis rien garantir.

— Je vois... J'y réfléchirai.

— À la bonne heure. J'espère que notre collaboration sera fructueuse.

Holtar salua, et Detras le congédia. Il songea alors que ce vieux général l'était peut-être trop pour son poste. Il lui faudrait remanier la hiérarchie, afin de se prémunir contre les manœuvres politiques que ce genre d'éléments pouvait produire. Il en parlerait au roi, car il ne fallait pas créer de problème avec les différentes familles de nobles dont pouvaient être issus les généraux, mais quoi qu'il advienne, Holtar ne pouvait pas rester au pouvoir. Dans le pire des cas, il le tuerait.

*

La semaine suivante, après une partie de Sort Suprême, le roi avait accepté les changements proposés par Detras. Les généraux avaient tous été remerciés et remplacés par leurs meilleurs commandants. C'était une épine dans le pied en moins. Les nouveaux généraux, heureux d'avoir été promus, lui étaient dévoués. Ne restait plus qu'à attendre les lois. À présent qu'il était Aikdhekor, il n'allait plus voir la reine pour travailler pour elle, mais pour faire des visites de courtoisie. Il était de notoriété publique que les deux étaient amis. La rumeur disait même que Detras serait une sorte d'oncle pour l'enfant à naître. La plupart du temps, les courtisanes de la reine restaient à ses côtés pendant ses entrevues avec lui, de même que la soigneuse. Mais Remya s'arrangeait pour avoir des moments de solitude avec lui. Ce jour-là faisait partie de ceux-ci.

Ils marchaient dans les jardins, à distance respectueuse l'un de l'autre, pour ne pas éveiller les soupçons. Leur relation devait rester, aux yeux des autres, chaste et prude. C'était le prix à payer pour passer du temps ensemble.

— J'ai appris que tu avais fait changer les généraux ? demanda-t-elle d'un air curieux.

— J'ignorais que vous vous intéressiez à ces affaires.

— Je suis la reine, je dois m'intéresser à ces questions si je veux ne pas être que l'ombre du roi.

— Je vois. Quoi qu'il en soit, c'est exact. L'un des généraux est venu me voir et m'a laissé une impression... fielleuse. Cette entrevue était plus politique que militaire. Ça ne m'a pas plu.

— J'imagine assez bien. Les gens de pouvoir préfèrent souvent les manœuvres politiques aux actions plus nobles...

— J'espère que j'aiderai à changer cette culture. Je ne

veux pas...

Il s'interrompit à cause d'une quinte de toux de la reine. Il y était à présent habitué, cela lui arrivait régulièrement. Pourtant, elle dura plus longtemps que d'habitude. Elle éructa du sang ; elle ne s'arrêta pas d'en expectorer. Elle s'effondra, et tomba dans les bras de Detras.

— À moi ! s'écria-t-il. Un guérisseur ! Vite !

La reine continuait de tousser comme elle n'avait jamais toussé devant lui. Ses inspirations sifflaient. Son visage, couvert de sang, larmoyait. La soigneuse arriva en courant et insista pour qu'on l'étendît sur le sol. Une troupe de soldats vint se placer autour de l'endroit pour empêcher les curieux de venir. Detras fut écarté. Elle avait besoin d'air, disait la soigneuse. Mais Detras n'avait pas l'impression que c'était le problème. Un thaumaturge rejoignit enfin le groupe, suivi de près par le roi Krezac.

— Que se passe-t-il ? s'inquiétait-il. Qu'arrive-t-il à

ma reine ? Répondez-moi !

Mais personne n'avait de réponse à lui donner. Le thaumaturge tenta quelque chose. La toux cessa. Detras se sentit soulagé. Elle allait mieux. C'est alors qu'il remarqua, avant que le mage ne parle. Elle ne respirait plus.

— Elle... elle n'est plus, annonça le thaumaturge. La reine s'est noyée dans son propre sang. Sa tare de Youlef a fait céder ses poumons, et...

— Assez ! s'écria le roi en se jetant aux pieds du corps. C'est impossible ! Elle ne peut pas être morte !

Personne ne le contredit, mais la vérité hantait l'assemblée. Detras se sentit défaillir. Soudain, une idée lui traversa l'esprit, une idée qui l'horrifia.

— Et... l'enfant ? Peut-il être sauvé ?

Une aura glaciale envahit le groupe. Le thaumaturge et la guérisseuse se tournèrent vers le roi.

— Nous pouvons peut-être faire quelque chose si nous agissons maintenant, dit la soigneuse en toute hâte...

Mais ce sera au prix de la dignité de la reine. Que devons-nous faire ?

Une larme coula sur la joue du roi, alors qu'il acceptait que l'on souille le cadavre de son épouse pour tenter de sauver son enfant. Le thaumaturge découpa la robe, puis la chair du ventre rond de la défunte. La guérisseuse plongea les mains dans l'ouverture béante pour en sortir un enfant malformé. Sa tête, trop grosse pour un nouveau-né, était recouverte de traces de sang. Ses orbites, vides, étaient terrifiantes. Le crâne semblait fendu par endroits, comme si quelque chose à l'intérieur avait tenté de s'en échapper. Detras avait la nausée, mais lui revint l'image de Zok, qui le quittait pour prendre la place de son enfant. Il comprit alors. En tentant de s'incarner, il avait tué sa fille, et anéanti les chances qu'il lui restât quelque chose de la reine.

La guérisseuse se tourna vers le roi, et lui fit un signe de tête que tout le monde comprit. Elliah était morte. Krezac se laissa aller à pleurer ouvertement. La soigneuse donna des instructions pour qu'on ramassât les corps et qu'on les préparât à l'incinération. Le roi s'approcha de Detras, et lui tomba dans les bras, comme s'ils étaient de vieux amis.

— Elles sont mortes... lui dit-il. Ma femme et ma fille... Elles sont mortes.

— Je... je suis désolé, Majesté.

À cet instant précis, il haït le roi. Ce n'était pas la fille de Krezac qui était morte, mais la sienne. Cette douleur qu'il exprimait, il la volait à Detras. Il l'en dépossédait. Mais l'Aikdhekor n'avait rien à dire. Rien de plus. Tout était fini. Il ne parvint pas à retenir une larme. Son aimée était morte, et sa fille avec elle. Tout ce qu'il lui restait, c'était les lois qu'ils avaient écrites ensemble et le souvenir de son amour.

XVII — ÉPILOGUE

*

Pour toujours, à jamais, je me rappellerai.
Chaque nuit, je le jure, je penserai à vous.
Chaque jour, je dirai, ma reine, vous me manquez,
Pour toujours, dans mon esprit, je serai à vous.

Jamais je n'oublierai ce que vous êtes pour moi
Reine du royaume, reine de mon être et de mon cœur
Je ne reste qu'à vous, même si je ne suis roi
Que des hommes qui pleurent, que des hommes qui pleurent

Poème anonyme

*

Ce fut d'abord la tristesse. Pendant des jours, peut-être des semaines, elle prit la place de tous ses autres sentiments. Il n'avait plus de fierté. Plus d'orgueil. Plus de joie. Plus d'envies. Son aura s'assombrit, comme celle du roi, peut-être plus encore. Mais le roi Krezac ne le laissa pas en paix. Au contraire, il se rapprocha de lui très vite. Il vint le voir souvent, le soir. Moroses, ils jouaient au Sort Suprême. Le roi s'épanchait, comme un enfant. Et l'Aikdhekor, le plus souvent muet, hochait la tête pour faire entendre qu'il comprenait. En quelques semaines, il passa d'amant de son épouse à confident de ses nuits sombres. Mais tout cela ne provoquait qu'une chose. Petit à petit, la tristesse laissait la place à la colère. Malgré son serment, jamais il ne se résolut à être dévoué au roi. Il le fut assez pour en donner l'apparence, mais au fond de lui, rien ne l'attachait à Krezac. Rien d'autre que cette peine qu'il lui avait volée et la rage qui en découlait.

Il se montra néanmoins un Aikdhekor efficace, capable de tout pour arriver à ses fins, et, s'il fut plus agressif que Jazor, nul ne se douta du motif de cette différence : il était habité par la colère. Le roi avait fait passer trois des lois qui lui avaient été confiées par Remya, mais les dizaines d'autres furent ignorées. Le prince Gwalbrevil bénéficiait d'une éducation prestigieuse et protégée, alors qu'Elliah était morte avant même de naître. Au fond de lui, ces deux faits attisaient la haine de l'Aikdhekor. Et au fond de lui, une idée germait. Peut-être à nouveau tenter de prendre possession du trône ?

Fin